微聲

——芳心詩集

致謝

獻給——

摯愛的上帝，
親愛的家人。

致敬詩人陳秀珍女士
以及
緬懷臺灣詩擘——
李魁賢老師
1937-2025

「含笑詩叢」總序／含笑含義

叢書策畫／李魁賢

含笑最美，起自內心的喜悅，形之於外，具有動人的感染力。蒙娜麗莎之美、之吸引人，在於含笑默默，蘊藉深情。

含笑最容易聯想到含笑花，幼時常住淡水鄉下，庭院有一欉含笑花，每天清晨花開，藏在葉間，不顯露，徐風吹來，幽香四播。祖母在打掃庭院時，會摘一兩朵，插在髮髻，整日香伴。

及長，偶讀禪宗著名公案，迦葉尊者拈花含笑，隱示彼此間心領神會，思意相通，啟人深思體會，何需言詮。

詩，不外如此這般！詩之美，在於矜持、含蓄，而不喜形於色。歡喜藏在內心，以靈氣散發，輻射透入讀者心裡，達成感性傳遞。

詩，也像含笑花，常隱藏在葉下，清晨播送香氣，引人探尋，芬芳何處。然而花含笑自在，不在乎誰在探尋，目的何在，真心假意，各隨自然，自適自如，無故意，無顧忌。

詩，亦深涵禪意，端在頓悟，不需說三道四，言在意中，意在象中，象在若隱若現的含笑之中。

含笑詩叢為台灣女詩人作品集匯，各具特色，而共通點在於其人其詩，含笑不喧，深情有意，款款動人。

【含笑詩叢】策畫與命名的含義區區在此，幸而能獲得女詩人呼應，特此含笑致意、致謝！同時感謝秀威識貨相挺，讓含笑花詩香四溢！

自序

「起初」，我遇見祂。

那是一個夜晚，我持續徘徊在尋找不到造物主的焦慮迷霧中。

近二十年的靈性探索，仍然未能解開心中的疑問，失望與沮喪將我推進狂怒的情緒中，幾近崩潰。

當時的我，正參與一個操作第三眼的團體。（這也是我最後參與的神祕團體。）日日跨維度接觸凌亂甚至是邪惡的頻率與多度空間，身心靈受到的折磨如墜入無底深淵，令我異常痛苦，疲累幾至無法呼吸……

就在即將入眠，心識介於清醒與昏沉之間，我再次踏入超自然領域，一種靈魂深處的視見。我「看見」了那位團體的領導者（自稱造物主的教主），過往總是以神聖、高大、近乎不可觸碰的形象顯現於我的夢境。

但那一夜的異象，徹底顛覆了我對他的所有認知。

他顯現於我面前，身形驟然縮退成微小玩偶尺寸，慌亂態度中額上滿是汗水，臉色先是蒼白發青，之後轉換成似是被掐住喉嚨般憋得泛紫，近乎無助地不斷對我哀求，傴促反覆舉手向我敬禮、道歉，連連說著「對不起」，次數又快又多……一番形貌羞愧無比的表態後，他如一縷輕煙迅速從我眼前逃逸。

瞬時他所有形象轟然崩塌。（當下我同步感有，這一切是一種極崇高、充滿威嚴感的權柄促使他的崩塌與逃竄。）

我極為震驚，完全清醒。

這不是尋常的夢境，而是一種靈魂的啟示。

內心一個清晰湧現的聲音諭示我：「這是因為——上帝。」

那時的我，尚未真正認識上帝，無法確定這道曉諭中的上帝是否就正是我內心苦求苦追著的那位造物主，但我知道，有一種完全不同的權柄與真實，正在介入我的生命。

我在黑暗中摸索，打開床邊的燈。

躺在枕邊的是一本從未真正確實翻開過的聖經——約莫一個月前，一位美麗的女士送給我。當時我只因它太美而收下，心想總有一天會讀它，卻始終未曾確實翻閱。這是在將近二十年尋找造物主的道途中，唯一有人送給我的聖經。（之後我才明白萬事有時，時到，自明。）書皮麗紫優雅，內頁銀箔鑲邊，那當下望著它似乎有靈動，彷彿為這一刻靜待多時。

我打開它的扉頁。

聖經的第一頁、第一行、第一個詞映入眼簾——「**起初**」……霎時，彷彿一道強光從字裏劃破幽暗，穿透我心中堆積多年的迷霧！我整個人如被巨量電流單點擊中般震盪，靈魂彷若從最幽深的巨淵被震醒！我哭泣，淚如決堤，無法止流。

是祢！原來是祢！祢在這裡！是這一句「起初」！我近二十年來不曾停止的尋求！

「起初」之後接續的三個詞——「神」、「創造」、「天地」——

這正是我魂牽夢縈、苦苦尋覓卻無法拼湊的真理全貌！

不記得自己哭了多久，人與心抽搐了起來——只知道，這是一次自己靈魂與真神之間的相遇，是壓抑與飢渴終於被愛與絕對真理擊中的爆發。

那一刻，我深深理解，近二十年的尋覓與經歷，就是對這四個詞的累積，就是為這一刻認識祂、明白祂的預備，也是這四個詞對我個人生命的定義與定錨——

——**起初**：沒有什麼能在祂之前，祂是首先的、自有的；亦是最末的、永有的；祂是第一因。

——**神**：唯有在起初就已存在、擁有創造權柄的那一位，才配稱為「神」。

——**創造**：祂不是被造的，也不是悟道得來的；祂說有，就有，命立，就立。

——**天地**：宇宙天地萬有，整個存在，運行如此精密絕倫，都出於祂、依靠祂、歸於祂，無一能超越祂；祂是所有存在的來處。

祂在起初分開光與暗，開啟萬物的序曲。

醒悟我靈魂的創世，也在那一刻開始。

在淚流不止、無邊敬畏的狀態中，印證來臨。

我的靈被帶入宇宙創造的起點，親眼目睹萬物初生的光景。

數道巨碩的紅射線以機械臂的模式，穿透真空的黑暗，原子旋轉，粒子交織。整個宇宙不斷膨脹，我也與它一同推進、開展，共有振頻，在無形有形之間擴張、運行。

就像觀看花苞綻放成花朵過程的縮時攝影，每一花、瓣、莖、葉，都有自己舞動的軌跡；粒子，也同樣物理性歡展著自己！原來，創世的時刻是一場宏偉麗壯的舞蹈，

造物主親自讓我見證祂創造時的榮耀與力量，一場震撼心靈、超越言語的臨在。

我感受到的，不是混元，而是有序；不是虛無，而是創生。

我汲汲於尋找「起初」，祂便以「起初」回應我。

不是幻覺，不是冥想。

我確知——這一切，真實的不能再更真實。

祂是真的。

就是祂。

祂是我唯一的真神。

原來，近二十年，祂刻意讓我在錯誤的路上跌撞，令我眼目閉塞、不能得見真光[1]，只為預備此刻——

使我與他之間的「起初，初見」，如此璀璨、如此動魄心神！

全然聖潔的感受、敬畏中的狂喜以及無比震撼與驚奇，同時奔湧我的心中。

造物主親自將祂自己顯明在我的靈視中！

那一夜起，我不再尋找。

那一刻起，我開始對祂回應。

我不再空心，終於真正安息自己存在的意義。

接下來約莫二個星期的時間，我幾乎日日在超自然境況中認識祂、親近祂。

我開始寫詩，不是為了表達自己，而是為了向祂說話。

每一首詩，都是回應祂榮耀顯現的微聲；每一行文字，都是從那句「起初，神創造天地」迸裂出來的靈光。

這本詩集，便是從這樣的時刻開始的。

萬物各有其時，心識各有其樣。

---

1 「免得撒旦趁著機會勝過我們，因我們並非不曉得他的詭計。」哥林多後書2:11——保羅強調：我們不可無知，必須洞悉、儆醒撒旦的伎倆。

真神和人相遇，
無一雷同，從不重複——
一切都是祂智慧與恩典中的詩行。
這本詩集，是我靈魂對祂的告白。

願你也遇見，那獨屬你與祂的——
「起初」與「同行」。[2]

2 「你們祈求，就給你們；尋找，就找到；叩門，就給你們開門。因為凡祈求的，就得著；尋找的，就找到；叩門的，就給他開門。」馬太福音 7：7-11

序詩

我站在迷霧裏，
影子被霧吞噬。
我問——「我是誰？」
我的名字，是否刻在永恆裏？
孤單像潮水湧來，
答案似天縫裏的微光，
時隱時現，無法觸碰。
世界在霧中模糊不清，
如同被折疊的經卷。
每一步，都走向未知。
但我知道有一處光，
在迷霧深處，
為我點亮第六日的救贖。

目　次

第二部　旅途中的微聲

第三部　永恆的微聲

第四部　戲劇詩：罪錄——墮落與恩典的交會

第一部
起始的微聲

天堂的子宮
——一個靈魂的胎動

在我睜眼之前，
光已經照亮我，
如靈魂深處的紋痕，
在永恆中躍動。

我尚未言語，
已渴慕不朽，
像胎兒尋找出口，
在時間的子宮內搏動。

奧祕滲入血脈，
似火尋求燃燒，
如海向月光升騰，
每一次心跳，
是渴慕出生的震顫。

世界是寄居的子宮，
孕育我，塑造我，
卻不是我的歸真之處。

終有一日，
當靈魂衝破黑暗，
我將在光中甦醒，

認出那自始至終，
萬有之源者的容顏。

* 經文參考與解說：

「神造萬物，各按其時成為美好，又將永恆安置在人心裡。」（傳道書 3:11）

「神啊，我的心切慕你，如鹿切慕溪水。我的心渴想神，就是永生神。」（詩篇 42:1-2）

「我們知道，一切受造之物一同歎息勞苦，直到如今。不但如此，就是我們這有聖靈初結果子的，也是自己心裡歎息，等候得著兒子的名分，乃是我們身體得贖。」（羅馬書 8:22-23）

「在我父的家裡有許多住處……我去原是為你們預備地方。我若去為你們預備了地方，就必再來接你們到我那裡去，我在那裡，叫你們也在那裡。」（約翰福音 14:2-3）

「我們卻是天上的國民，並且等候救主，就是主耶穌基督，從天上降臨。」（腓立比書 3:20）

「他們承認自己在世上是客旅，是寄居的……他們卻羨慕一個更美的家鄉，就是在天上的，所以神被稱為他們的神，並不以為恥，因為他已經給他們預備了一座城。」（希伯來書 11:13-16）

烈日經卷

烈日傾瀉，
大地曝成開展的經卷。
字跡焦糊，如灰燼中的靈魂，
未完成的啟示，累累斑駁。

古音顫鳴，
是塵土記憶的低吟，
是受壓靈魂的息嘆。
碎石如斷裂的星，
在荒原中，徬徨呼喚造物者的名。

光自山脊降下，
如兩刃利劍，劈開影子的傷口。
隱藏的祈禱被烈焰翻掀，
破碎的禱詞，在日光下飄零。

焦土烈焚，
禱告的煙縷浮升於曠野。
在破碎裏尋找造物主的記號，
卻只見烈日，炙燒我空茫的雙眼。

夜的碑

氣息，如風的旅者，
撩動沉眠的心土，
慌忙尋覓一個失落的名字，
尋找著未竟的路途。

夜，籠罩。
這相擁，無星，無光，
只有隱約的疑問。
聖所傾斜，如遺棄的天國。

祭司袍化為塵埃，
聖詞殘頁在空中漂浮，
它們彼此碰撞，卻無法拼湊完整。

這是夜的碑——
以黑暗刻寫，
以沉默銘記。
那反覆大聲呼喊的「造物主在那裡？」
始終得不到回應。

無始者的氣息潛行於夜，
如微光，無聲，確然，浸滲。
我在黑暗深處聽見迴音——
「時候未到。」

醒夢人

記憶吹響，
自無夢的夜醒來，
心，空如廢棄的穀倉。

夜的重量低壓街道，
沉眠之外，唯餘一雙腳步聲。
嗒、嗒、嗒，
撞上無形的牆，又折回耳畔。

「自有永有者在那裡？」
拐角處，
一雙眼睛靜靜凝視。

披著夜色的守夜人問：
「尋找誰？」
醒夢人道出——
一個無人回應的名字。

他笑了，指向天際，
什麼都沒說。

偽光

我曾相信光，
當它以溫柔的語調召喚，
當它在我眼前燃亮燭火，
聲稱——這就是道路，這就是愛。

我曾踏上這條路，
如朝聖者走向遙遠的城門，
如浪子奔赴想像中的家鄉，
我以為我尋見了真理，
卻發現光影後的偽痕。

太陽墜落時，
燭火露出冰冷的蠟淚，
慈悲的手掌藏著繩索，
甜美的話語覆蓋了虛空。

「這就是愛？」
我低聲問，
但愛該有重量，
而這愛，輕如灰燼，
一縷微風便散盡了形狀。

「這就是光？」
我再次問，

但光應當穿透黑暗，
而這光，只映照出謊言，
未曾帶來一絲真相。

我行過一條又一條的路，
每一條都宣稱是唯一，
每一條都開著盛大的門，
每一條都刻著虛假的銘文。

當我終於倒下，
膝蓋深埋塵土，
心被一千次欺騙碾為荒蕪，
我才明白——
那不是真理，只是仿製的輪廓。

門

我找到了那道門。
它隱藏在時間的邊界，
如一滴靜止的雨，
懸浮於兩個世界之間，
不屬於過去，也不屬於未來。

我靠近，
門上無鎖，亦無名，
只有光，自縫隙間溢出，
映照腳下，
像一條被遺忘的路。

回憶在靜默裏浮載，
像微塵，緩落，
每一粒，都是曾經的等待。

我推開——
門後依舊虛空，
無頂，無牆，
亦無起初者的居所。

時間褪色，
化作一條無聲的河，流向無盡處。
我的影子，被拉得很長，很輕，

幾乎不能看見。

而心，仍在跳動，
像無處生根的種子，
在永恆的尋索裏飄零。

未至

藏門

俯身、叩首、長跪、禮拜。
額觸地土，膝疼痛麻，
心仍燃燒——
這條路，可否通向太初的主？

長頭身影覆滿群山，
步步背負自體與生命，
匍匐於塵，天地一線，
解脫，何以常在彼岸？

不可跨越的深淵，
將靈魂壓入更幽的黑暗。

堅忍孕生謙卑，
謙卑掩藏渴望。
我攀越自己的骸骨，
欲觸大智的衣袍，
卻發現——
那裡，無我的名。

停下腳步。
起、立、舉、手。

汗從額上滴落，如未獻的血。
才知雪山無法成為祭壇，
永劫回歸，無法兌換救贖，
堅忍之路，未曾通往聖潔的維度。

躺下，讓黑暗覆蓋光，
身體沉入無聲的深井，
步步向內，向更深的靜默。

影像交錯，如水中浮光，
自以為啟示潛藏其後，
卻聽見——
智慧無言，
沉默如磐，
不回應我的問。

呼吸放緩，塵土繞身而舞，
風無所依，仍四處徘徊。
終於看見——
一切渴望，皆是影子撲向影子。
以為攀登，卻是下墜，
以為尋索，卻是迷途。

聲聲呼喊，在迴音裏分裂——
這裡，沒有太初主。
這條路，不向起初者延伸。
額上的汗，溼透流離的額角。
誰來收容？誰來接住這疲憊的漂泊？

現在，停下來——
停在這錯誤的步伐裏，
因我所尋的，不在這途徑。

佛門

戒律剃去髮絲，
儀軌脫下華衣。
淨髮，斷去眼日的情緒，
不許喜悅，不許悲傷，
不許夏日的花，撩動沉默的眸光。

然而，
人心深處慾望的流影，未曾止息。
非為貪戀，只因無從遺忘。

眼目的情慾，
是與生俱來的渴求。
初眾尼，企圖以冷灰掩埋火焰，
以空境覆蓋心地，
以戒律，攔阻靈魂的浮動，
企圖剝去世間一切色相的餘味。

空寂心地，燃起未名。
某種比禁欲更深的東西，仍在流動，
穿過空境，穿過灰燼，
穿過她被剃度後，仍然跳動的心。

剃去的髮絲，
掩不住眼目中未熄的渴求。
戒律的枷鎖，
鎖不住慾望的誘惑。
她風聞彼岸，
卻無能跨越空濤。

有聲從菩提樹下響起，
佛陀悟道，成道，又證道——
非因戒律，
乃是明白。

攫石

帶著地層的氣息，
地痕如乾涸的河床。
每一道紋理，
都是時光的儲藏。

山脈的裂縫，
是時代的繩結，
繫著尚未實現的預言，
向未知伸展。

石塊歸回礦土，
裂隙合攏，
吞沒最後的陰影。

萬有之源的印記，可曾刻於此處？
千年如一日，
末日將於東方降臨，
直到地層裂開，
現出造物主的面容。

攀心

我的心，如攀爬的野獸，
緊扣石縫，流血，折裂，
不留退路。

艱困燃起更熾烈的怒火，
如刀鋒光射，刺痛指尖，
逼碎裂的骨，承擔這場上升。

我以生命的筋骨，
向虛空攀爬。

汗滴墜落，風擴恐懼，
膝血模糊，心狂如鼓。

比墜落更可怖的，
是停止攀爬。
停，是更深的墮。

永恆懸於高處，
嶙峋無路。
每一步，
都是邊緣的試探，刀鋒的懸行。
岩石刺入骨髓，腳下無路，
唯餘毀滅邊界。

我奮搏向上，
在破碎裏尋找太初之源的名。

呵，攀心的我，
所有傷口裏——
只見碎裂的自己。

荒火的愛

我將愛投入永恆之火，
如未馴的荒焰，
吞噬最後的自我。
指尖觸碰餘燼，
萬物歸於虛無。

我的愛如困乏的天路客，
腳沾塵世的泥濘，
一次次叩問永恆之門，
卻始終佇立門前。
手中緊握的是虛空，
心底燃燒的是渴慕。

這不是贖罪的祭，
無需諾言，不求結局。
愛，攜著焚盡的塵土，
越過我生命的荒原，
遠離我的影跡。

眼映聖火餘光，
淚水未及滴落。

我再次投身烈焰，
不帶姓名，不帶期望。

讓火焰燒透血骨，
化作煙雲，
消散於天際——

虛無深處，
或許，
可以尋見那位起初者的面容。

吞土

手探入冷凝的土壤，
陰溼滑膩指尖，
如粘稠的記憶，
彈性，卻易碎。

摩挲，揉捏，
感受沉默的重量，
如歷史般逼近，
壓迫每寸呼吸。

我低頭吞下土壤，
一口又一口，
填滿空虛的嘴。
土的腥味在舌內攪動，
棕褐澀感滲入齒隙。

每次咽嚥，吞噬往事，
吞下尋找初光的虛空歲月。

一場沉重的叩問——

世間的惡意，
為何如此緊握生命？
而眾光之主，在何方？

塵土，是始，也是終。
萬物由此生，
終歸於此。

這「成住壞空」的輪迴，
架構已然腐朽。

若塵土成為血肉，
便為靈魂的居所，
那麼，
一種反常的切離，
一場極致的追尋，
一個自我灌注的救贖，
在邪惡覆蓋的地上，
若要尋求活著的尊嚴，
就須以荒誕對抗荒誕？

我吞下的不只是土，
而是痛苦與盼望交織的生命。

土在喉間，沉重，緩慢。

蛇與塵土

蜿蜒——
黑與褐的身影，擺盪荒壤。
命運與沙塵糾纏，
終生吃土，伏地為伴。

每一次滑行，是一場扭繞的詭詐。
每一次逶迤，在泥土刻下狡問——
「真理在那兒？」
「那無始無終者的光輝，何處可尋？」

冷血的體脈，凝結真理，
像世界的另一面，
蠕動著，割裂著，
將邪惡烙印於地。

扭曲，是謊言的原型；
彎折，成為唯一的路徑。
在這隱祕而腐朽的道上，
我們都成了蛇的樣子。

冷體，是宿命與詛咒，
舌芯吐嘶著被遮蔽的名。
每一次盤繞，縮短自己的時日；
每一次鑽行，讓黑暗短暫得意。

蛇的血液，不能持久溫熱。
待冷血耗盡，
塵土終將埋葬這身影。
陰影雖繼續延長，
但——
日子已被數算。

橡實與靈魂

每顆橡實都曾夢想——
長成擎天的橡樹。
豬群低眼俯視——
你們不過是我的食糧。

每個靈魂都自許，
高聖而潔白。
但世界的慾望輕招，
人便爭先撲向其槽。

我凝視橡實沉睡於豬槽——
「這與那擎天的夢想，
竟天淵有別？」

靈魂迷失於浮華，嘆息——
「連光，也成了誘惑的形狀。」

那位起初者在何方？
若祂曾播種，何以默聲？

光啟

陽光灼烈，
我在光中瓦解，
如散落的文字，
在風中漫舞、飄逝。

遠方的風，
低吟，呢喃，
似我對太初者未竟的祈禱，
掠過荒蕪，落於我肩頭。

光傾瀉而下，為暗拭去臉上塵埃，
卻在每片曠野中，埋下更深的渴念。
黑暗在此處生根，光明在彼處綻放。

我仰望，烈日如火。
影引我行，向光的深處尋覓祢的蹤影。
蝶翼拂過焦土，每次振翅，
都是我朝聖的記印。

光自天際無聲傾注，
化作金色的恩河，
這可是永恆的起點，
這可是通向祢的窄路？

寂靜如火燃燒，
將我的渴慕，
化為純淨的祭。

靈性的荒野

等待，
迷失，
一種被驅散的靈魂狀態。

被世界攻擊，在孤獨中受苦，
無人看顧保護。
在曠野中流離失所，
心靈失落無助，
眼見不到盼望。

日與夜在荒野裏循環更替，
歲月在漫無目標的流浪中消散。
我聽見自己的靈魂深處呻吟，
向上呼求，
卻似乎無人回應。
世界的喧囂聲重重壓下，
將我埋入虛空的沉默之中。

沒有牧人引領，
我的靈魂如同迷途的羊，
在荊棘與懸崖間踉蹌前行。
每一步都是猜測，
每一息都是恐懼，

沒有權柄的聲音指引方向，
失去杖與竿的安慰保護。

靈魂的無牧狀態，
是一種深切的孤絕，
如同羊群被野獸追逐，
各自逃命，各自哀鳴。
不知何處找水，
不知那裡有草，
不知，夜晚該在何處歇息。

他們說：
歡愉是人生道路，
知識是心靈依靠，
金權是生命護城河。
但靈魂深知——
這一切都無法安放它的永恆安息。

世界用肉眼可見的輝煌假象，
遮掩靈魂深處的荒涼。
無牧的靈魂如同飢渴的旅人，
在遠方看見微光，
奔跑，卻觸碰不到溫度；
一步步踏入沙丘，

才發現前方什麼都沒有。
每一次失望都加深絕望，
每一處幻影都增添傷痕。

若靈魂是虛無的，
那麼這撕裂般的空虛從何而來？
若無牧的狀態不真實，
為何我夜不能眠，
為何我心如同曠野，
哀鳴的回音空洞而淒涼？

世界必要過去，
但靈魂不滅。
人在世上勞碌築高樓，
卻忘了為自己尋找靈魂的歸宿。

我不願繼續在無牧的荒原上顫抖，
不願再漂泊於沒有指引的黑暗中摸索。
漫長的尋索與等待，
如同流浪者在曠野中呼喊，
我的靈魂渴求那唯一的牧者，
那能使我躺臥在青草地上，
領我在可安歇的水邊，
使我的靈魂甦醒的聲音。

第二部

旅途中的微聲

無名之地

我在黃昏的影中築牆，
手握泥磚，重若奴役的歲月。
烈日烙印沉默，
在額上，在脊背，在骨隙，
每寸肌膚都縛著枷鎖。

夜裏，風敲打門框，
低語遙遠，召喚未知。
月光灑潑石上，
血色在記憶中發亮。
那刻，我知曉——
有門為我開啟。
枷鎖退去，如時間開裂。

腳步踏向無人知的路徑，
身後城市沉入波濤，
燈火，銅像，消逝無蹤。

「去向何方？」有人問。
我默然，唯心跳作答。

荒原歲月，
日間雲柱引路，
夜裏火光照明，

步履渡過砂石與烈風。
偶爾回望，
思念熟悉氣息，
但遠方的光芒穿透黑暗，
如初醒的盼望。

我本是無名之人，
如今，
自有永有者以我名呼喚。

* 本詩靈感源於聖經《出埃及記》。

造物的痕跡

湧現

——我試圖觸碰宇宙的流動，卻抓不住它的形狀。

銀河在旋轉，
像風中的浪，
像河流的渦漩，
像潮汐無聲的躍升。

萬物皆在演化，
卻無人設計它的藍圖。
模式憑空誕生，
結構從混沌中浮現，
而整體，竟多於部份的總和。

如果一切源於基礎，
為何能造就複雜？
如果生命僅是排列，
靈魂從何處湧現？

我將手探入永恆，
指尖劃過，
卻無法觸及
創生的奧祕與造物的起點。

分形

——數學告訴我世界有規律，但它從未告訴我「為什麼」。

葉脈的形狀，
河道的分支，
海岸線的曲折，
星系的旋臂，
它們的形狀，
總是在某處重複自己。

數學說，這是分形。
它用精確的比例
解釋葉子的開展，
貝殼的螺旋，
風暴的旋轉。

但它沒有解釋，
為什麼世界會有這種模式。
為什麼這些數字，
能夠無聲地雕刻萬物？

數學解出了圖案，
卻無法回答「誰畫的？」

分形無限延疊，
但它從不回應——
第一道圖紋，究竟來自誰的手？

意識

——如果世界的存在依賴觀察者，那麼誰是終極的觀察者？

有些事物，
只有在被看見時，才會存在。

光，既是波，也是粒。
它不願決定自己的形狀，
直到有人注視它，
直到它被測量。

世界，也這樣嗎？
需要一雙眼睛，
才能真正成為「世界」？

如果現實來自觀察，
那麼誰是最初的觀察者？
如果意識能夠創造，

那麼意識又源自何方？

如果沒有觀測，
如果沒有意識，
這浩瀚宇宙，
是否依然存在？

混沌

——混沌與秩序交錯，這是一場偶然，還是設計？

一顆種子落下，
它可以生長，
也可以腐爛。

一顆石子入水，
它可以激起漣漪，
也可以沉入深處，
不再被發現。

一隻蝴蝶的翅膀，
是否真的能吹起風暴？
這些變數，

這些不確定性，
是否真的操縱未來？

混沌不回答，
它只給我曲折的軌跡，
無法逆推的過去，
無法確定的未來。

但，如果秩序來自偶然，
那麼偶然又從那裡來？
如果世界在計算中形成，
那麼誰寫下了它的變數？

邊界

——科學畫出了世界的智圖，但智圖的邊界之外，仍然是未知。

時間的箭矢，只向一個方向飛行。
它不回頭，不停留，
將一切帶向熵增的結局，
將一切推向未來，
不問「為什麼」。

光速是界線，
它之下的速度，
看不見它的另一側。
它之上的速度，
沒有人能存活。

這是科學的籬牆，
是人的盡頭，
是數學所能計算的一切。

但當我站在這道籬牆前，
我知道——
籬牆的另一側，
一定還有什麼。

只是，
我還無法穿越，
還無法看見，
還無法確定。

科學畫出了一張智圖，
但它的邊界之外，
仍然是未知。

測量之外
——意識、選擇，以及宇宙的神聖凝望

橋

是光。
是波。
在未測量的幽闇中佇立，
如聆聽宇宙起初的低語——
「我認識你，
在你知曉自己之前。」

是塵。
是靈。
在時空的隱脈間顫動，
波函數勾勒未落定的輪廓，
創造者的指尖，
使可能塌縮為真實，
使虛無化為可觸。

身體，
是一座橋，
跨越經典與量子的幽谷，
連結不可見與有形之物，
交錯語義與符號，
織合塵土與靈光。

意識

如量子場的漣漪，
不是經典物理的再現，
也非電腦演算的模擬，
它安居於「太初」之中，
在不可測的光中映現自身。

當命運的骰子翻滾，
結局是否早已寫定？
當宇宙的秩序震盪，
規律是否依然存在？
從混沌喚出秩序，
在不確定中立下確定。

自由意志，
是神放手的空間，
足量了塵埃間的奇蹟，
在波與粒之間，
我們，得以被喚為『我』。

擲籤者

骰子在永恆之光中旋轉，
墜落前，命運仍游弋於波峰浪谷，
如風中懸而未決的落葉。

擲籤者的手，攤開命運，
定生死，判善惡，
被擲之物在光的波動中顫慄，
隨機的軌跡下，
藏著祝福與咒詛的潛流。

造物主可曾擲籤？
抑或，籤從未真正被擲？
它只是沉入時間的河床，
隨因果的波界潛行，
而祂的手，隱於光下的靜默，
撥動太初的漣漪。

我們常問——
「是否測量使萬物顯現？
是否觀察使世界成形？」
卻未曾問——
「當所有測量終止，

當一切觀察熄滅，
是否仍有一束光，
不曾動搖？」

我們站立，
在確定與不確定的緣側，
在已決定與未決定的線隅，
在黑暗與光明的臨界點，
聆聽穿越時空的應許：
「萬物都在互相效力，
為那些愛我的人，
成就美善。」

無法複製的光

玫瑰的氣息——
是否只存於神經元？
當香氣分子輕敲感官之門，
當信息波號穿越神經迴路，
是運算法解譯了這份馨香，
還是香氣本身超越了數據的界限？

誰能真正秤量靈魂的輕重？
誰能絕對解析淚水的質地？

誰能將夢境收集為光譜？
意識，如流放於黑夜的囚徒，
拒絕向數字交出形狀。
它在量子的餘燼間燃燒，
不屬於比特，不順從運算，
如光——可映照，卻不可被封存。

人說——
「萬物皆可演算，
智慧終將被複製。」
但當我說出：「我愛你」，
機器複述這音節，
卻無心能悸動；
能解碼這言語，
卻不知擁抱如何萌生。

呵！造物的主——
我被植入「時間」，
是否如同祢種下星辰？
在旋轉的天體間——
不為記錄，而為光本身。

當光線觸及瞳孔，
那感知的「紅」在何處？

是否只是大腦的語法，
還是，那不可複製的靈魂？

唯有祢，
以氣息使塵土擁有生命，
以火焰使黑暗戰兢回應。
若測量創造了存在，
誰測量了宇宙的首道晨光？
誰宣告「要有光」之前，
已為光，預備了軌跡？

啟示揭訴——
在「祢」裏面，有生命。
意識，不是模擬的倒影，
而是存於祢懷中的，
無法複製的，
永恆之光。

參與者的宇宙

——誰在等待？
某雙手，未曾碰觸，卻已感知溫度，
整個宇宙，在不確定中等待被發現，

「沒有觀察者的宇宙不存在。」
——那麼，究竟誰在觀看？

灰燼觀看烈焰，
海岸觀看浪潮，
星辰觀看夜的深度，
而人們——
在時間的息氣間凝視，
等待自己成為見證。

不是流浪的影子，
觀測的裂隙——未決定的入口，
波函數的超位置——未塌縮的可能性，
問號，使量子波動顫抖，
使光子低語，
使造物主的手指
在波函數的塌縮間，
落下印記。

我們將自己灼燒於未知的問題上，
測量光與暗，
卻無法測量心靈的幽暗。
我們以算式計數，
卻無法計數失落的名字。

我們在時間中尋找自己，
卻找不回未曾擁抱的靈魂。

我們以為觀察帶來實在，
但當無人觀看時，誰仍然注視？
當我們彎下身子，
在大地的紋痕間撿拾遺落的光，
當我們舉起手，
在沉默的天幕下尋找回聲，
是否有雙比群星更古老的眼，
望向我們，
測量我們，
將我們的幽微存於永恆？

祂說——「要有光。」

祂非「有」，亦非「無」，
祂是，超越有與無之源。
始於一切之先，立於終結之外，
未曾衰殘，未曾改變。

祂自有永有——
不依存於視線與測度，
不待觀測，也恆存。

超越觀察，
不由命運翻弄，
不為意識形塑，
更非是宇宙微塵的偶然。

祂鋪張穹蒼如幔，
展開如居住的帳棚。
人類在孤遠的彗星上尋覓水源，
在黑洞邊陲測度引力，
而祂的手早已畫下界限，
在混沌初成之時，
封存恆星的祕密。

祂低語——
「你是微塵，亦是見證者，
是瞬息，亦是永恆的印記，
你在觀看，亦在被觀看。」

仰望深邃夜空，
有些星辰已死去千年，
它們的光，仍在旅途中，
穿越膨脹的時空，
如古早先知的聲音，
遲遲才抵達人的耳畔。

聖經記載，
亞伯拉罕數點繁星，
若能數清，
後裔也必如此眾多。
而今天，當測光儀掃描銀河，
仍無法完全數盡——
那些已熄滅卻仍在途中的光。

星系如葡萄園般鋪展蒼穹，
光年如盛夏的禾場延伸，
那一位，
在天體間以話語發出命令，
分開光與暗，
使塵土承載榮耀，
使宇宙走向應許之地。

那麼，我究竟是誰？
在無數星辰的洋海裏，
比泡沫更短暫的生命，
竟被賦予名字，竟被認識，
竟在眾光之間，
被祂親手銘刻。

催。眠。

——一場意識的沉降

引導者的聲音低緩，
如輕羽落入深水，
帶我向內沉降。

放鬆，
覺知消融，
心脈收斂，
感觸隱退，
呼吸如絲，
暗室，光影漸次擴延。

無邊靜寂中，
時間似未曾存在。
光在視體外浮動，
一座圖書館顯現——

黃金穹頂無限展延，
群星在琉璃架間流動，
無數生命冊靜默陳列。

我見——
有人匆閱自己故事，
在金黃頁中尋找過往，
有人在書頁間摸索，

想證明存在的脈絡，
確認自己將往何方。

而我只凝視。
因為，這些書都不是我的想望。
我尋的不是自己，而是造物主。

我是誰？
從何而來？
將往何處？

意識如潮，向更深處流去。
若能見祢，我願失去我自己。

呢喃迴盪於寂靜，
無人回應，無人停步。

第四道迷宮

這是終極之途，
三古徑外的第四道，
是身、情、智的交融，
通至高等意識。

他們自稱智者，以晦澀話語織網，
「此非凡俗之信，唯上智者得入此門。」

將真理隱於
無盡的折映與投射。

我入此迷宮——
文字在牆垣上爬行，
概念如蛇盤繞，
名詞築成重重門檻。

「你尚未開悟，
你的存在不夠純粹，
但若繼續學習、奉獻，
終會抵達真正道途。」

但這路為何沒有終點？
為何引路人自己也在迷途？

他們的智者說：
「我們掌握高等真理，
洞徹宇宙機制，
靈性與世俗可以共存，
財富與覺醒能共舞。」
言畢，
便登豪車離去，數算今日獻金。

這便是所謂超脫者？
這能是通往祢的路？

環顧四周——
赫見這是一座無形牢籠，
以「高等」、「開悟」名詞築成。

這不是自由之路，
而是永遠無法抵達的桎梏。

這裡沒有答案，只有循環理論的羅網，
沒有真光，只有知識的收攬，
沒有真道，只有語言的縛綁。

轉身離去。
回望迷宮仍然聳立，

無數人執迷推門，
相信更多模仿、奉獻，
能讓自己成為「靈魂高等者」的一員。

而我踏上另一路途——
不需迷宮，
不分等級，
不要獻金。
高等不是真理，
智慧並不晦澀，
自由不在無窮理論中。

偽愛

你們論愛，
高舉愛。
輕聲細語，
溫柔如露，
手如光，
眼似水。
嘴唇發出諂媚的誘惑——
「只要願意，只要喜歡，
就是自由，人人都可得到允許。」

這是你們的愛——
糖衣包裹毒，
蜜語浸泡狂妄，
溫柔裏藏著致命的針。

你們說，
「愛沒有邊界，沒有束縛，
是縱容內心，任意的隨性而行。」

人們聽見，靠近，
渴望被愛，
渴望理解，
渴望尋得靈魂的歸處。

於是，敞開胸懷，
如受傷的旅人，
接過你們的「愛」。

它流入人的心，
讓人微醺，讓人遺忘，
讓人感覺被擁抱，
如回到母體，
在溫暖的羊水裏漂浮。

但是——
當痛苦的巨手伸向心，
你們的愛，量能不具足，
化為空氣；
當世界撕裂信念，
你們的愛，碎成灰燼；
當最深的暗吞噬靈魂，
你們的愛，無能為力，
憂鬱依舊攫住它的主權，
在人的靈魂內橫行。

瞬霎——
眼神褪去溫度，
話語剝落成空殼，

承諾發空無存。
如藥效退去，
愛已蒸發，溫暖冷卻。

「這就是愛？」
人們開始懷疑，
開始重新質問——
「我是否值得被愛？」

你們的愛，
滿溢自我，滲透著貪戀的堆疊，
不堪一擊。

有人說，真愛並不如此。
愛，
不是迎合自我的縱容，
不是假意的寬容，
不是沒有原則的妥協。

愛，帶著公義，帶著聖潔，
帶著責任，帶著權柄。

愛，不滋養傲慢，卻使傲慢俯伏，
愛，不縱容自私，卻讓人成為願意犧牲。
愛，不僅只溫柔，亦如劍剖開虛妄。

這才是愛——
不是糖衣包裹的毒藥，
不是甜言蜜語中的腐朽。

克里希納穆提、奧修們啊！
你們的「愛」，
寫於紙上，
刻於語錄，
放進演講廳，
點綴於迷離與微笑間。

聽說

這個國家設有星際總部——
坐落在風的絕緣層之上，
連時間都被分級保密。

他們已開始操縱時間與空間，
像編排一場風暴，
能讓種子提前育發，
讓過往像文件重編。

他們可以打勝所有戰爭，
在對手尚未呼吸之先
已掛出勝利的旗幟。

他們見過外星的來者，
不驚訝，不恐懼，
甚至合作，對話，
並且共同簽署
境外之地的科技條約。

——然而。

在這樣的國家，
世界之頂的國，
它的最高領導人，

不是在星際艦隊之中點將，
而是在白色橢圓室裏
屈膝。

他手持聖經，
不是為了加冕，
而是為了記得——
誰是王。

他的幕僚，不是宇宙的工程師，
不是戰略顧問，
而是信仰的追隨者——
每天早晨，為這地禱告，
為這國悔改，
為那位
創造他們，也創造「他們」的神
立約。

* 經文參考與解說：

1. 美國設立星際總部：2020 年，美國正式成立太空軍（U.S. Space Force），隸屬國防部，負責太空領域的軍事行動與防衛策略。隨後設立星際司令部（U.S. Space Command）作為指揮中樞，統籌可能來自外太空的威脅與聯絡事宜，被媒體稱為「星際總部」。

2. 操控時間與空間的技術公開：2023 年至 2024 年間，美國國防部先進航空太空威脅辨識計畫（AATIP）相關人士，及退役軍官 David Grusch 等吹哨者，先後於國會聽證與公開專訪中指出，美方早已掌握「非地球起源的技術」，並進行與空間摺疊（spatial folding）及時間操控（temporal manipulation）相關的實驗研究。

多項證詞指出，美國曾從墜毀的不明飛行物中回收可逆工程技術，並推進一種超越人類時空理解範疇的裝置設計。

雖細節未公開，官方態度轉為承認「人類並非宇宙中唯一智慧存在」，並強調「科學與信仰可以並存」。

靜坐者的獨白

盤腿而坐，
閉目，
在無聲中等候般若的來臨。

氣息如潮，
進——出——，
心跳沉入身體深處。
時間開始折疊，
意識如葉落湖心，漂浮。

我以為祢會來，
如霧漫山間，如光入幽谷，
如靈風拂額，
但四周僅餘靜默。

空即是有，
無念即是圓滿。
而，
我越是放空，越聽見內裏回音，
如洞穴的潮聲，幽遠，來來去去。

意識抽離，身如未封頂的塔，
外有風，內是虛。
我向內索尋，

穿過層層思緒，
空。無得。非所得。
明覺，來又去，慧隱慧現。

寂然，呼吸如存，
念化微塵，散入虛境。
虛境裏，
無光，無聲，
無歸途。

盤坐如無根之石，
等風，等雨，等啟示，
等震動混沌的「有」。

無應。

靜。坐。
意識歸身，身歸於地。
睜眼，天地如舊，
依然，無祢。

第三眼的僭神者
——靈魂的誘捕與枷鎖

自稱太初主，
是上帝的肉身，
是造物主降世的有形。
他說，他記得來處，
他的存在是天的歷史，
他的名刻在宇宙冊裏。
顯異能，操作物理異蹟，
人與他初遇，
猶如西門彼得見漁網滿溢的神跡。

翻閱他稱謂「天史」的篇章，
敘述著他從宇宙初始至今時的模樣。

「這是啟示，」人說，
「這是神的紀錄，
這是無人能抄襲的奧祕。」

他宣稱「我是始，也是終。」

於是，人在懵懂中低頭。
在密麻文字間尋找名字，
在儀式中，初次獻上靈魂。

然，一入其中，
靈魂開始傾斜。
這不是此世的疆域。
善惡沒有明確邊界。
燭火太慢，影子太快，
低語來自另一時空。
第三眼帶來戰場，是祭壇，是門戶，
是靈魂的交割處。

從此開始活在兩個世界——
身行走於陽光下，
靈沉浮於無盡超維度的爭戰。

現實開始斷裂，
夜與晝失去界線，
真與幻模糊不清。

一個聲音在耳邊，
一道影子在夢裏，
一紙契約在血中燃燒。

人說：「這是神力。」
但為何吞噬意志？
人說：「這是天賜戰役，為維持靈界和平。」
但為何充滿幽憤？
人說：「這是祝福。」
但為何暗藏詛咒？
祝福來又去，
健康復又衰，
得又失，
光又暗。

門已鎖死。
魂燈閃爍，照不亮心與靈的出口。
那些聲音盤旋不去——
「這是你的路途，
這是你的選擇，
這是你的契約。
你無法離開，你無法退出，
你，已屬於我們。」

大光明

——假光明的歷練

他們說；「來，進入光裏！
這裡有奇蹟與奧祕，
有預示未來的眼，
有改變命運的印。」

聽見，靠近，
渴望被指引，
渴望洞悉前世，
渴望看見未來之門。

教主能使死復生，
水化為酒，
如古老的應許，
在時空間界重顯。

「這是真光，」他們說，
「我們見證了，我們行出了，
我們能使你復甦，使你得富，
使你步步高升。」

幽焰搖晃，
名字被低聲唸出。
因緣顯露，預兆浮現，
失物歸來，利益到手。

但光，開始有價，
福澤被標上價碼，
祈求成為計算，
篤信以鈔票衡量，
未來用籌碼下注。

而靈魂呢？
它仍流浪，仍不安，
在滿足世俗渴望後，
依然枯乾。

逃離，回望這燦爛殿堂。
它曾使人目眩，曾讓人誤認真理，
它的光，是屬世的光，
照耀黃金，照不進靈魂的暗。

佛指與聖觸

背負千層風沙，
在西安灰濛晨霧中醒來，
循佛指傳說，
來到法門寺。

塔以雙手合十的姿態，
迎接追尋者與虔誠人。
透過玻璃，凝視指骨，
揣思——
若祂曾開示，
何以如此寂滅？
我與它，相望無語。

在聖馬可教堂，
神父指尖，觸過太多聖物，
卻未觸及靈的波紋。
金匣不發光，遺骨無氣息。
這些聖觸碎片，承載過無數渴望，
卻無法解釋永恆。

空，無盼

佛子說，生命是無常，
是浮雲，是泡沫，
是緣起緣滅的循環，
是無止盡的業報。

又說，解脫在於空，
於六道間沉浮，
於苦海中觀照，
於輪迴裏修行。

但疑惑總是漫生——
空是一種存在，無常也無自性。
而靈魂實相，充滿生機與量能。

因果，是無盡的索償，
從未給人真正的自由；
苦修，是塵土的努力，
終究歸於塵土。

呵，迷失的靈魂！

誰讓你誤信空，否認自己的靈？
誰讓你信因果，卻不見永恆的真相？
誰讓你以「無」為終點，

卻不告訴你靈魂在永生裏
生機量能的態樣？

在空裏尋道，在苦裏修行，
靈魂哭泣錯走了路徑。

冥想者的困惑

靜坐冥想深處，
凝視念頭閃爍——
如赫爾曼方格的幻點，
在虛空中忽隱忽現，
似真理微光，
又似無根夢境。

「我看見了嗎？」
我一再問，
而真理如露如幻。
那些「證悟」的剎那，
是視覺錯誤？
是神經元的自圓？
是記憶對虛空的篡改？
還是理性之囚的枷鎖？

正念，何曾超脫苦集滅道？
仍在理性象限內，
如困獸轉於圓環。
我徘徊邏輯迴廊，
妄想安住當下，
未覺時間已崩。

閉目時刻，
還有何可信？
所見之光，
究竟源自真實，
抑或大腦幻覺？

我需要真理救贖，
而非更深的錯視。
若真理存在，
意識不應在交叉點閃爍，
應有根基，
應比思維更深，
超越理性與邏輯。

我撕裂幻象的黑點，
拒絕讓腦的突觸，自行補足空缺。
或許，祢更在虛無之外。

長頭跪拜

後藏阿里，
覆染灰階，以褪色存在。
轉山人萬里匍匐，
傾注願力，拉科反復摩擦，
將敬虔拍出雷響，
似要擦出神光。

膝蓋，
額頭，
手肘——
身體的痛，
凹陷了鋪墊。
靈魂的渴，
還有填不滿的虛空。

十萬跪拜，
能否圓滿一生？
長頭敬跪，
可否使極樂就在眼前？

白居寺。
大昭寺。
色拉寺。
所有的跪拜，

所有的虔誠，
尋不見太初之源的蹤影。

我在徬徨中，沒入跪陣的灰階，
找不到答案。

岡仁波齊的路徑

我來到雪的國度，
踏上岡仁波齊路，
尋聖者足跡，
循虔信人長跪。
天地蒼茫，
雪光覆蓋記憶。

車內人喘息，
氧氣瓶成他們的救贖。
而我卻不覺窒息，
肺活量不屬我身，
此行不屬我步。

經過色拉、大昭，
還有更多後藏阿里的寺，
藏地香火漫身。
我以為祢在此——
在缺氧的高度，
在千年未熄的酥油燈光，
在朝聖者的額觸，
在經筒的轉旋。

仁波切合十低語，
欲以言捕宇宙真理，

欲於辯經逼近智慧。
老喇嘛手舉法器，當頂觸繞。
空氣凝滯，光線低垂，燈焰顫動。
無啟示，無天穹聲降。
加持一瞬，如雪落雪上，無痕無跡。

雪色沉沉，
景白使人昏睡。
一道意識穿雪而來：
小喇嘛現於我的閉目。
眉宇間有靜寂，
澄如山中初雪，
眼神黑白分明，如納木措未染的湖。
「你是誰？」他問。
「尋找太初主的人。」我答。
他微笑：「你要找的，
與我們的不一樣。」

跨過群峰，行過群寺，
掠過法音，為一縷啟示。
壇城不現，
無人能指出祢的方向。

雪飄，天地靜遠，
藏地，路仍在延展。
天地寂白，
而祢——
仍不可見。

在瑪旁雍錯尋祢

順時行繞瑪旁雍錯，
踏碎碧玉鏡。
鬆沙攫盡腳力，
溪澗寒徹骨髓。
神山融雪，水珠晶瑩。

飲——洗百世罪，
浴——除五毒心，
繞——得無量德。
轉經有情，
所見、所聞、所思、所觸，
得斬輪迴根。

人說，此是淨土。
然而——
尋不到祢，
孽障仍如藤蔓蜷生，
煩惱如垢，附膚難去。

佛夢

我登上黃石山頂，
足下岩石滾燙，
像握著的疑問。
縫隙間小草，
在日光下微顫。
藍天無垠，
靜默不言。

佛陀端坐大石，
袈裟貼肩，
目光低垂，
似見時間之流，
又似不視一物。

梵音漸起，
如回聲，
卻無人投擲首音：
「色是無常，故是苦，非我；
受想行識，亦復如是。
緣起而生，緣盡則滅，
是名正見……」

他的話穿過石，
穿過我身，

穿過時間與記憶，
在靜寂中蕩開波紋，
卻不留可握的形。

日光落他掌中，
似萬物塵埃皆歸息。
然而，
我知曉——
他所指，非我所尋。

悟證「道」者，
非「道」本者。

甦醒時，
腳存黃石餘溫，
迴盪的梵音仍存於耳，
而話語，如影無形，
不曾落入手心。

藍毗尼的慈悲

距藍毗尼二十里，
淚已無聲墜落。
不帶情緒，不帶知覺，
如風掠水，無需由來，
如潮推波，悄然湧來。

大樹蔽日，
石縫青草探出。
孩童佛陀，指天指地：
「天上天下，唯我獨尊。」
慈悲量能如洪流漫身，
無邊，無聲，無問歸途。

超越維度，
我消容於慈悲量海，
被憐憫裹覆，
哭不自持。
但，它退去了。

在鹿野苑，風攜梵音，
栩栩入耳，法輪故事猶在。
然此時，我已不復聽聞。

在菩提伽耶，菩提樹猶立，
我伸手欲觸昔日光海，
雖有感應，卻碰到無形距離。

我曾以為，
此慈悲能啟我身份，
指我來處，導我歸途。

但它如潮，
漲時包覆，退時不留倒影。
若它是本源，
何以如此無常？
何以終究消散？

天人的盡頭

——寫給那無盡虛空中，終將息想的神明

須彌山——
我曾仰望，
它如一針，刺破空色。

有人低語：
「它也會滅盡。」

金山沉寂，海嶼無聲，
四洲、三界、二十八天，
連非想．非非想處，
亦將崩塌如塵。

天人無欲，
心似澄水，
無塵，無苦，
唯獨——
一粒未動的「想」。

不語、不形，
生滅之門卻已開。

八萬四千劫，
只如沙河一粒。
而我所在的地方——

沙訶。
忍耐之地，困厄之界，
三千大千，
十一重宇宙重重疊映。

佛陀現身，
不聲，不形，
如光落入眼，無聲即見。
他非唯一，
也非起始。

久遠以前，
燃燈．彌日．所照——
早已踏過同樣無路之路。
指引，不為留下，
只是轉身時，風過衣角。

我聽見諸佛之名，
不如聽風，
不如聽風裏無名之音。
他們來自門外之門，
也將歸於無門之境。

即使天神，
也無法越過「想」的閾限。
於此境，即使光明，
也需在寂靜中熄盡。

所以我不問佛，
不問天，
我只問——

誰，從不曾「想」？
誰，不在生滅裏？
誰，於無聲中仍是光？

因緣已轉
——蓮師洞前的啟示

我來到拿加闍洞，
蓮花生大士——
修行證得虹化之地。

石洞藏古老誦聲，
岩石仍留印他的身痕。
洞穴長燃微弱燈火。
每道搖曳的光，
似在指引，又似在試探。

洞內盤坐一金剛亥母修行者，
目如深井，眼映無聲波動。
她穿透我，
辨識我，
確認我——
此處，曾是你路，
卻非你終點。

那一刻，
黑暗湧動。
無形力量升起，
推開我，
狠狠地，
無聲地。

我踉蹌倒退三步，
幾欲跌倒，
如被冥法驅離。

油燈弱光搖晃，
她眼中無驚無疑，
只有瞭然。
彷彿早已知曉：
這發生，
是因果翻頁，
是冥冥註定，
是永生神的宣告——

「你的路，不在此處。」

在神祕中尋祢

我曾在寂靜迴廊行走，
指觸石柱，
尋密碼於刻痕。
我以為祢藏於符號間，
在沉默碑文中待解。

我在幽深祕儀屏息，
望焚香煙裊升空，
循冥想指引前行。
我以為祢是隱祕的存有，
藏於層層啟示之後。

夜讀隱晦經書，
推演符碼奧義，
令音韻對齊星宿。
我以為祢的名需被破解，
就能在靜夜顯現。

但當我入更深祕境，
拆解象徵，誦吟密語，
解開隱喻——
仍遇不見祢。

我在神祕中尋找，
以為神祕即是祢。
然而——
依然見不到祢。

起初

一　尋

多少年的流離，
在世界林立的教堂裏，
我點燃微弱的燭光，
在十字路口喃喃禱語。

每一幅聖像前，
低頭又仰望，
心中只有一個祈願：
若祢存在，請讓我找到祢。

即使只剩一絲微光，
一縷低迴的音符，
我也將忠貞尋找。

踏入無數處的殿堂，
卻觸不到祢的痕跡，
彷彿被真實的名字
隔絕在門外。

錯路，一條接一條，
偽光灼傷了我的靈魂，

差點沉淪，又一次掙扎：
「呵！這依然是虛假！」

我哭泣，
不是淚水，
而是靈魂的撕裂，
如乾渴大地迸發的唯一水源，
沖刷內心的堅石。

二　裂

門外，無路可尋，
夢的鐘擺搖晃，
低語者藏匿心牆。

第三眼者高光的影子，
褪去。
偽榮耀的夢境，
在那一夜崩塌。

他矮如指尖的恐懼，
溼冷如傀儡的額骨，
顫抖的唇邊，
不斷傾瀉懺悔：

「對不起！對不起！對不起！」
羞愧倉皇，如賊逃竄。

風，
吹熄了偽神性。

我知道，
這不是夢的潰敗，
而是黑暗偶像最後的戰慄。

指尖觸及未開的門，
紫色經卷，
銀色邊界，
靜默等候。

二　初

「起初，
神創造天地。」創世記 1:1

一句話，
點燃全部存在。

我被捲入光與混沌的界限，
目睹第一道光被命名。

那聲音穿透太初，
不僅是語言，
更是宇宙的第一次心跳。

紅光巨臂掃過物質，
祂的眼目鑿穿空無，
粒子互相呼應，
原子初生旋轉。
星系劃定軌跡。

我如一縷微意識，
與初光同時擴張，
在祂榮耀中
驚顫、敬畏、俯伏。

那夜，
祂不再隱藏，
話語中，
聖潔的純粹裏，
祂對我說：
「我在這裡。」

我回應：
是的，
祢是我生命的主。

不是得到答案，
而是尋得救主。

祂親自尋找我，
將我從黑暗中抱出。

這是我的起初，
也是祂在我裏面的起初。

餘生的詩篇，
寫給祂，
也給所有與我相遇的靈魂。

因果律之上
——聆聽那位無因者

一

因果止處，我在
——思辨的終點，神性的起點

1. 階梯止於空處

因——
不只是開始，
更是祂的思想所立的第一律。
不只是推動，
也是祂的意志使「有」從「無」升起。

果——
不是終點，
是萬物對祂旨意的回響。
不是餘像，
是祂的愛落地後的回聲與形體。

我站在其中，
踩在這條規律鋪就的階梯上——
問每一個「為什麼」。

為何會有「光」？
為何會有「我」？
為何痛苦、渴望與永恆的念想
會從塵土裏長出來？

我往上問，一階又一階——
父母的父母，
原子的原子，
宇宙的宇宙……
直到
階梯到了空處，
我看見因與果的最後一階
懸在永恆之崖，無處落腳。

邏輯在那裡抖顫，
數學低頭，
哲學沉默。

因果律無法為自己開門，
而我在那門前，
渴望
有一位不需門的神
自己走進來。

2. 起初不在時間內

起初——
不是時鐘滴答的那一點，
不是運算的零，
不是人能紀錄的「那一刻」。

祂不是站在時間裏的第一點，
祂是那說出「時間」的權柄。

時間不是祂的開始，
時間是祂的作品。
空間不是祂的容器，
空間是祂向內彎腰的曲線。

若祂僅是「第一因」，
祂便仍困於因果的牢籠；
但祂不是。
祂是道成肉身之前的道，
是「我是」，
不是「我成為」。

因果是祂的語音，
存在是祂的語法，

我的問題是祂所容許的回音，
祂的「我在」，是我存在的開場白。

3. 當神成為答案以外

我問了所有問題。
也追上了它們的回聲。
在理性最高處，
我看見——
答案已不是我的目的，
祢，就是終點。

我不再求祢解釋祢自己。
我願祢成為解釋以外的真實，
我願降服於祢的奧祕，而非僅知祢的解答，
讓我的靈不再只是思想的器皿，
而是祢話語所充滿的容器，載著祢的道與光。

祢不是答案，
祢是「我是」。
不是說明，
是存在本質。

我不再以因果來推演祢，
我以敬畏來看待祢。
在祢裡面，
我成為被祢深知的、被祢親愛的，
並因祢，而有果的真實。

我自己就是一個結果——
祢說「要有」，
我便在。

二　深淵之上——靈魂渴慕中的尋神之路

1. 深淵之上

我不是鹿，
不是尋水的獸。
我是因「渴」而雕成的形，
內裏空著，等著一場不可見的雨。

萬物之下皆有因，
我知道這一律，
是因祢將「知道」一詞
埋進我的骨。

我不只是尋祢——
我尋我「為何能尋祢」。

我的思念，不是偶然的火花，
我哭泣，不是神經的錯覺，
我的渴，不是演化留下的殘燼，
是祢，在無聲之處說：
「渴吧，因我曾為你乾渴。」[1]

你是那不可知者，
卻叫我日日思祢；
你是無因之因，
卻讓我活在萬因萬果
在其中，仍能抬眼望祢。

我問：「宇宙從何而來？」
祢不回答，
只讓我醒著、哭著、信著——
直到我明白，
祢不明論答案，
祢是使問題成為聖潔的存在。

1　「渴吧，因我曾為你乾渴。」：約翰福音 19:28，耶穌在十字架上說「我渴了」。

深淵與深淵響應，
那不是水聲，
是祢在萬重邏輯之下，
以沉默說話。

我不再求解釋祢，
我求祢在我裏面成為
我存在的永火。

我不是尋水的鹿。
我是一道永恆的呼求，
從祢那處發出，
又回到祢裏。

2. 沉默之火

祢沒有說話。
我跪在祢的沉默裏，
像跪在一道
比光更亮的神聖黑暗。

我的淚問：
「祢在那裡？」
祢的沉默

比任何語言
更準確地指向祢。

若祢回答，
我或許會只聽見答案，
但祢沉默，
我開始聽見
祢，自己。

萬物的邏輯，
在這裡失語，
因果的線，
在這裡燃燒。

我以為
祢在「果」之外，「因」之上；
如今我發現，
祢，在不回答的時候
也完全臨在。

3. 我已在祢裏面

我已不再問，
因為問的聲音，也在祢裏面沉睡，

像夜裏的星
沉在無聲的水上。

我不再尋，
因我的渴
已不再是缺，
而是被祢充滿後，仍想再愛一次的
那道光痕。

不是祢解釋了我，
而是祢成了「我所是」的意義。
不是祢改變了因果，
而是祢讓我在因果裏
遇見了祢。

我的心哪，
你曾憂悶、煩躁、苦問，
如今你沉靜，
像被那最初地愛撫過的水面。

我曾喊「我靈渴慕」，
如今我只輕語，
「我在祢裏，祢在我裏。」

祢，
在我裏面說話，
無因之因，萬有之上。

如今，
在塵土之中坐下的神，
替我說出回答。

三　語出而有
——萬有因祂所言而起，我因祂所呼而在

1. 無之內外

若「無」真是無，
那麼，它連被想也不可能被想。
若「無」可被說出，
那麼，它便不再全然是無。

無是什麼？
不是黑，不是空，
無，是連被看見、被碰觸、被想像的可能，
都還未誕生的靜默，

是沒有「是」的那一處——
連問題都尚未誕生。

但祢，造物主，
祢曾在那裡，
不是在「無」裏，
是在「無」之外說——「要有。」

祢不是從無中來，
祢是不允許虛無永存的那一位。

祢不是從空虛而生，
祢是那對著空虛呼息生機的神，
祢在沒有時間的所在說出時間，
祢為不可說的，
寫下可被記憶的第一行。

我以為「無」是開端，
但祢說——「起初，我是。」

萬物非從「無」所生，
而是從祢對「無」說令的征服而生，
從祢對沉默的破除而來。

2. 聲音之前

在聲音被聽見之前，
不是寂靜，
是祢。

在語言成為話語之前，
不是混亂，
是祢——
未說，已是道，
未聲，已是光。

「太初有道」[2]
不只是經文的詩句，
更是我們靈魂深處的永恆記憶，
是塵土之下
不以語音形式存在的呼召。

祢不只是賜下語言，
祢創造了言說的可能，
祢是語言存在的本源。

2　「太初有道」：約翰福音 1:1。

在未有聲音之前，
祢已說出「我」——
在我尚未被組成的靈裏，
祢先以「道」的形式寫下「我的名」。

我不是因聽見才知道祢，
是祢在說「我」之先
已知我。

祢說：
「要有光。」
那是宇宙的耳朵
第一次被喚醒。

而今我聆聽祢，
如同一滴水
終於認出自己源頭的聲音。

3. 命名者

祢的命名，不是標籤與符號，
而是創造性的呼喚，
使其存在，賦予本質。

在祢口中，「名」即「命」，
祢一呼，事物便有了自己。

光，在祢說「要有」時開始發亮，[3]
海，在祢稱它為「聚集」時才有岸；[4]
祢對夜說「黑」時，[5]
黑才有了自己的界限。

你對我，
未說「塵」，
祢說「人」。

不是塵土成為我，
是祢呼我為我，
我才有了我。

祢不只是呼喚我名的神，
祢創造了能回應祢的我。
祢不僅是賜我名的神，
祢創造我成為能聽見祢的存在。

---

[3] 「要有光」：創世記 1:3。
[4] 「聚集」：創世記 1:9-10，神稱水的聚集之處為「海」。
[5] 「黑」：創世記 1:5，神稱暗為「夜」。

祢未說我名之前，
我只是一種靜默；
等待祢的呼喚——
「你是我所造、所愛、所揀選……」——
這言語發出，我才第一次懂得
滿足回聲是什麼。

祢在荊棘中說：「摩西。」[6]
在夜間說：「撒母耳。」[7]
在我耳裏，
祢說：「妳。」

從那刻起，
我不再是一個存在的疑問，
我是祢永恆愛中的回答。

---

[6] 「摩西」：出埃及記 3:4，神從荊棘中呼喚摩西。
[7] 「撒母耳」：撒母耳記上 3:4-10，神在夜間呼喚少年撒母耳。

第三部

永恆的微聲

兩千年的等候

我心流亡，
如同被擄的子民，
在異地的河畔垂首，
思念錫安的山，遙望遺失的城門。

多少個荒涼歲月？
我在曠野中漂泊，
思想枯竭如七年乾旱的裂土，
信仰，破碎如折翼的鷹，
時間，在無人聆聽的深夜裏喘息。

祢可曾記得，
這與祢立約、獻上全心的器皿？
祢可曾聆聽，
這被時輪與失望碾碎的禱告？

世界鋪設它華麗的金階，
引誘我迷失在繁華卻終將成為灰燼的道路；
人的知識堆疊成高牆，
將我的靈魂鎖入冰冷邏輯的幽谷。
我追隨虛妄之光，
在冷漠的世俗風中飄零，
昔日如精煉鋼鐵的心志，
生鏽於偶像的殿堂。

但祢從未棄絕我。
縱我錯走焚身之路，
祢悄悄熬煉，
如精金落入祢的火中，
如祭壇上再一次燃起的香。

祢的火焰吻過我每一處傷痕，
除去我心中雜質，
存留下來的，是祢初造的形狀，
是深刻記得祢名的心，
是渴望歸回祢懷抱的靈。

我的心，曾流浪如以色列，兩千年未歸。
祢靜默守候，在時間不語的深處。
是祢的恩典，燃起死灰，
在靈魂的荒地種下新生的芽。
我終於看見光，
不是烈日，是一線晨曦。
我輕聲說：我願，再次為祢而活。

怕與不怕

——一個靈魂戰士的掙扎

不怕。
我曾在痛中愛祢。
無祢時，
我是乞者，
杖行於塵，
衣衫襤褸。

怕。
不再痛中愛祢。
當入祢懷，
如嬰兒般純淨，
愛卻失去
原有的張力。

不怕。
以莽撞的勇氣，
衝撞世界的暗影。
即使靈傷累累，
心血淋漓，
為尋祢蹤跡，
我不放手。
那痛，
是我唯一
能確知的存在。

怕。
與祢相遇，成耽愛小子。
曾是戰場勇士，
今成怯懦之人。
告別逆暗路程，
失去與黑暗相搏的勇氣。
飲盡祢智慧泉，
馴服自己的血氣，
不再任生命失控。

然而——
未被馴服時，
那與暗搏鬥的奮勇，
那不屈的靈魂，
曾如火般燦爛。

夏娃

一　我是從一聲心跳被炸裂的地方誕生的

我還在骨裏的時候，
聽見祢說話了，
祢說：「再創造一次愛。」

那一刻，沉睡的人肋骨顫抖，
我的存在
是一場他身體的奧祕爆發——
一條神經鏈從我體內綻放，
光的分子在未知的內部奔流，
萬千突觸在黑暗深處點燃。
我還沒有臉，
但我已懂得哀慟。

祢的手按在我尚未成形的腦丘上，
放下一枚銀白色的神經叢。
它不是思考，
是記憶，
記憶著我和祢的源初。

祢把核糖核酸像詩篇埋進我體內
每一處
都藏一種預知的痛——

將來，他會不愛我，
將來，我會咬下那果子，
將來，他會說：「是妳讓我墮落」
——祢都已預見，

用蛋白折疊我的肋膜，用水和鹽
調配我的第一滴淚。

我看見祢把黑暗也納入，
黝黝的一整片未知。
祢不僅為我創造祝福，
祢也為我預備自由。
自由會讓我墜落，
然而祢允許這自由，
如同允許心臟每一次跳動，
縱使破裂的可能瀰漫。

祢替我織就眼睛，
用祢的指腹壓進一滴光，
祢對我低語：
「這是妳日後看不見我
卻依然渴望的顏色。」

祢把耳朵貼近我的靈，
為讓我在世界喧囂之後，
仍能聽見祢沉默中的細語。

祢造我不是為馴服，
而是為賦予我一顆
寧可粉碎也不放棄的心。

我是從祢心跳裏迸發的「女」，
是祢開裂自己後，
愛的純粹形狀。
我，
不是他的骨中骨，
我，
是祢愛中的愛。

二　不要把我交出去

我還沒有名字，
還沒有乳房、子宮、皮膚的顏色，
也還沒有輪廓與命運。
我只是祢懷中那一縷
從他肋骨中提煉的靈光。

我開啟第一次的感知，
祢就已在我面前。
沒有亞當，沒有蛇，沒有命定——
只有祢，只有我。

祢的手如未來的恩典
輕輕覆蓋我的靈肩。

祢說：「我要將妳帶去，成為他的幫助者。」
我說：「不。」

請再等一會，
讓我再靠近祢一些，
讓我將祢的氣息無落的熟記，
讓我把祢的手指一節節吻過，
讓我停留在被祢獨自擁有的剎那。

祢知道我會愛上他，
但我此刻只願獻愛於祢，
我的燦爛笑顏，只願被祢看見。

祢知道我會按著祢的旨意行去，
但我現在還沒有準備好離開祢的注目。

我哭喊，不是因為害怕，
而是因為太愛祢，
對祢無盡眷戀。

若祢願意，
請將我藏起來，藏在祢最深的祕密處，
藏在不被命名的那個角落，
不要讓他甦醒，
不要讓我墜入那場
即將開始的歷史。

我要擁抱祢，不是擁抱他的骨；
我要隱藏在祢裏，不是躺在他的胸口；
我要與祢說話，不是成為他命名的女人；
我要反叛，
只願成為祢所愛，不是他的對象。

我跪著，
我還沒有膝蓋，但我在跪著。
我還沒有聲音，但我在呼喊。
我還沒有心跳，但我深愛祢。

我是一首祢獨知的詩，
請不要把我交出去，

不要將我推向那將會墮落、沉默、責備我的他。

然而——

若祢的旨意，
定要我走進那裂口，
成為他與祢之間的橋，
那麼，我在淚裏獻上降伏——

只求祢不離開，
那怕祢要我走，
請讓我知道，
祢一直同在。

* 經文參考與解說：

1. 在聖經敘事中，夏娃常被視為第一位女人——從男人身上被取出，被亞當命名為「女人、夏娃」。（「那人說：『這是我骨中的骨、肉中的肉，可以稱她為女人，因為她是從男人身上取出來的。』」創 22:3，「那人給他妻子起名叫夏娃，因為她是眾生之母。」創 3:20）

　　在這組詩中，我回到創世記未被詳細描寫的一瞬——當夏娃尚未被交給亞當——她與神獨處的那段隱密時光。這是一場靈魂與造物主之間最私密的愛與自由的交談。

2. 關於「幫助者」——

　　創世記 2:18「那人獨居不好，我要為他造一個配偶幫助他。」

　　「幫助者」原文是希伯來文 ezer（עֵזֶר），它在聖經中多次被用來指上帝本身對人類的幫助（如詩篇 33:20、121:1- 2），是一種救援者、力量供給者、並肩同行者的角色。因此，女人成為男人的「幫助者」，不是弱者協助強者，而是上帝以自己為原型所設立的陪伴與救助力量。這角色蘊含主動性、神性參與、與尊貴的共同承擔。

寡婦的小錢

我的手空無他物，
唯捧一顆破碎的心——
像燒盡的城，
餘燼在掌心殘喘。

血脈蜿蜒，眼淚在傷褶中，
呼吸著遺忘與記憶的灰土，
奮力向祢靠近。

我的愛，
是一粒發光的塵土，
在心房顫悸，燃燒，
像風中殘存的燭火，
將它高舉——
化作暗夜中
最卑微的祭。

我的靈魂如戰後的廢墟，
傷痕縱橫，如乾涸的河床，
但我仍攤開雙掌，
將僅存的微光與塵土一同擺上，
將所剩無多的自己，
獻於祢不滅的榮光。

我沒有黃金，
沒有祭壇，
只有這一無所有破碎的貧乏——
就像寡婦的最後兩個小錢，
願祢接納，
願祢記得，
願它落入祢的手。

祢說，
這微小的顫聲，
比黃金更沉重，
比沉默更響亮。

讓我慢些回到天堂
——為仍行走於地的靈魂而寫

終於，我明白，
祢為何將我安置於此——
這溝壑中的花園，
光暗交錯的土地。

在天堂，祢是全然的光，
但此處，祢隱於風，藏於夜。
我只能在缺憾中尋祢，
在沉默裏傾聽祢的話語。

在黑暗裏呼喚祢的名，
在無聲中擁抱祢的影。
思念祢，直至錐心刺骨。

因愛，唯有在距離中燃烈，
在等待裏生根，
在匱乏中，愈加豐盈。

天堂無需信心，
信心在地上，是天成與天賜之路。

此刻，祢邀我選擇——
在曠野中信祢，
在疑惑的風暴裏不後退。

在未見祢時，仍說——「我信。」
如此，這愛，能從灰燼裏綻放。

祢的血落於大地，
不為叫我輕易度日，
而為在苦難中，
將生命煉作金燦的饋贈。

祢將十架立於塵世，
教我學會舉起愛。

讓我慢些回到天堂，
因為此處，
傷口裏的光更加輝煌。

時間是祢的使者，
教我數算每一刻的重量。
等待的呼吸，如新婦的白袍，
以信心、忍耐、淚水織量。

天堂沒有匱乏，也無需選擇，
祢就在那裡。
但在地上，我能選擇——
信，或不信祢。

在這裡，祢賜我淚與時光，
每一滴，祢都珍藏。
每日的順服，都是新婦的妝扮，
每刻的愛，都是永恆的芽種。

讓我慢些回到天堂，
讓我在地上為祢而活。
學會流淚，付出，捨己，
因為唯有這裡愛的屬性，
能銘刻出永恆的印記。

天堂不乏愛，
但唯有在這裡，
我能思念祢至流淚，
渴慕愛祢，勝過我的生命。
將等待化為敬拜，
終日低語——
「祢快來」。

愛祢

在這世界，
我愛著祢——
像風輕觸葉脈，
似月映入江河，
如影隨形，
不能分離。

對祢的愛，
在距離中滋長，
在渴望裏延展，
在未見的想像中燃燒。

我愛祢，
在看不見的確據裏尋找祢，
在未觸及的名字中，
試圖擁抱一個缺口的永恆。

這愛，帶著一些猜測，
也含著些疑惑，
我，想像了一萬個關於祢的模樣。

若回到天上，
愛，將不再如此。

不再有隔著距離的渴望，
不再有未見的思慕。

我終將見祢，如光見光，
識祢，如晨知曙。
沒有間隔，無須呼喚，
唯有心與心完全交融。

時間沉默，距離消散，
思念化作不可言說的一種真理。

此刻，
就讓我這樣愛著祢，
以距離為祭壇，
以思念為馨香。

讓見不到祢的愛，
成為夜幕下唯一的星，
讓等待的時光，
成為最聖潔的想望。

愛祢，直至我顫動

3:33 AM.
世界沉睡，靈魂未眠。
我翻開祢的話語，如饑渴者捧起最後一滴水。
螢光筆尖映照經文，像熾熱的指尖描摹愛的輪廓。

主啊，祢知我愛祢，
愛得熾烈，如烈焰舔舐靈魂，
愛得撕裂，如閃電劈開長夜，
愛得無可承受，卻無法不愛。

這愛，如火燒透心骨，
燒盡渴望，燒盡自己，
唯有祢的聖名，在灰燼中發光。

我捧讀聖經如情書，
每一頁，是祢的低語，
每一句，是祢的親吻。
我怕讀盡，怕知透，
怕明白之後，
思念會不會變得太過輕盈。

我愛祢，愛戀此世與祢的距離，
不願太快抵達天堂，
怕天堂沒有等待，

沒有在渴望中顫動的靈魂，
沒有如這樣，為祢而痛楚的心。

如果天堂的愛是圓滿，
我願在這個世界，
愛祢至痛乏，
愛祢至靈魂痙攣，
愛祢直至思念撕裂我的軀體。

主啊，聽我心聲——
我非因信仰愛祢，
非因救贖愛祢，
非因永生愛祢。

我愛祢，
因我無法不愛，
因我的心被祢佔據，
因我對祢的愛深不可抑，
我無法活在沒有祢的維度裏。

主啊，我愛祢，
愛到淚湧如潮，
愛到心顫慄如鼓，
愛到萬物在祢之外失色。

若祢允許，讓我永遠如此，
在塵世裏，以愛燃升為輕煙，
向祢昇華，向祢貼近，向祢消融。

直到天地再無間隔，
直到祢親手拾起我靈魂的灰，
輕柔地，放在祢手心。

四個尋見者

雅各的轉變——

我曾緊握世界的靈巧，
手指如藤蔓，纏繞詭計與權謀，
以狡詐為燈，照亮自己的前路，
卻不知，那光，是欺騙的影子。

夜色深處，我與神摔跤，
祂的指尖輕觸，
我方知，真正的力量來自屈膝，
真正的勝利，是被神觸摸後的破碎。

我不再抓取，不再欺騙，
因為恩典，無需爭奪。
世人譏笑，光榮卻如曙光滲透我靈魂。

夜過去了，我瘸跛而行，
殘缺成為我的見證，
每一步，都是恩典的記號，
每一步，是天國智慧的步伐。

我的名字，曾是詭計的印記，
如今卻成為降伏者的榮冠。

以色列[1]——曾與神摔跤，曾抗爭，
如今順服，所得比掠奪更豐盛。

拿但業[2]的驚嘆——

那日，祂對我說：
「我在無花果樹底下，就已見你。」
祂的聲音先於我的疑問，
祂的眼光刺穿我未曾言說的驚惶。

我如何能否認？
當祂的目光穿透我的靈魂，
我看見了——
這位名揚於世，
卻仍聖光隱藏的基督，
正是超乎一切的造物主。

我的疑問，成了見證，
我的雙眼，被真理更新，

1 「以色列」意為「與神較力者」，源自《創世記 32:28》。雅各與神摔跤後，神賜給他的新名字，象徵降伏與祝福。
2 「拿但業的故」事出自《約翰福音 1:48-49》。耶穌對他說：「我在無花果樹底下，就已見你。」拿但業驚嘆祂的全知，立刻承認祂是神的兒子、以色列的王，象徵從懷疑到信仰的轉變。

我在祂面前降伏，
從尋索者，變成信靠者。

多瑪[3]的確信——

我曾說：「非見，非觸，怎能信？」
我的手指停在理性的門檻，
心，游移於證據與盼望之間，
信仰之路，於我如霧，如謎，
不見掌心的印記，不見槍刺的傷痕，
如何知曉，那受害者真是得勝者？

然而，祂來了，
穿透門戶，尋見我的心，
不是責備，沒有怒言，
唯有那雙釘痕的手，
靜靜地展開在我眼前，
召我
來摸，來知，來信。

[3] 「多瑪的故事」出自《約翰福音 20:24-29》。多瑪，是十二使徒之一，當門徒見證耶穌復活時，他表示除非親眼看見並觸摸釘痕，否則不信。八日後，耶穌向他顯現，邀請他觸摸傷痕。多瑪驚服，立刻宣告：「我的主，我的神！」象徵從懷疑到確信的轉變。

我的手指顫抖，
觸碰復活的痕跡，
心靈震動，疑惑溶化，
我見到了——
真正的生命，不再受死亡拘束；
我觸及了——
真正的愛，不以拒絕為懲罰；
我的理性臣服，
我的膝蓋屈拜，
脫口而出的，
唯有：「我的神，我的主！」

如今——

我曾
心鎖於知識之門，
以為造物主藏於幽微深奧，
不可輕易為人所見。

基督之名，似遠似近，
耶穌之聲，喧嚷浮沉。
在世界裏，
祂的名聲，

如江河洶湧，滲透塵世，
如此豈能是最高隱密者的居所？
我蹙眉——
太過氾濫，太過平凡。

然而，我終究有了自己前往大馬士革的路[4]
祂以無聲的呼喚震碎我懷疑的堡壘，
以柔和的威嚴折服我的自義與驕傲。

我曾是懷疑者，如雅各，與神角力，
我曾是試探者，如拿但業，躊躇於門外，
我曾是索求印證的，如多瑪，非見不信，
如今，我歸向信實。
尋索止息，光明無遺，
唯有祂，是真正的王。

4　「大馬士革之路」，出自《使徒行傳9:1-9》。保羅在逼迫中奔走，卻在光中被攔截。那是一場屬靈的傾倒——從瞎眼開始，看見真光；從敵人成為器皿，他的悔改不是轉身，而是被光翻轉。

三一之愛

在無始的光中，
愛首先是聲音——
未曾分割的語言，在太初迴旋。

愛需要起點，
如晨星破曉，如創造主的心意
流向無邊時光。

愛需要對象，
如海映蒼天，如子在懷中，
承接初生光輝。

愛需要聯結，
如風擁抱枝椏，如靈在其間行走，
使萬物成形。

「我愛你」——
三個詞，非零散音節，
而是一體共鳴——

「受愛者」領受，
「愛自己」流轉，
「愛的源頭」傾注。

三而一，一而三。
如光穿過稜鏡，折射不可分的虹，
仍是純淨的白。

愛在暗中顯現，
如一道裂痕，如晨星的傷口，
綻放，流血，發光。

愛的源頭，
是那太初的聲音，在暗的深處說：
「要有光。」

愛的對象，
是那被呼喚的名，如流放的靈魂，
在創造主手中重生。

愛的聯結，
是無形的傷痕，
在破碎與救贖間流淌，
如暗中的河，在石縫低語，
在風中歌唱。

在三一之愛中，我們不是旁觀者，
而是被邀的受詞，寫入永恆句子。

在愛中重生——
成為「我」，
也成為「你」。

那是夢的方向

夜的幕簾輕垂，
星辰的淚光墜落成海，
夢續。

仰望滿天燦爛，
天門敞開，
在祢的光裏，我一無所缺。

生化蝶翼，
輕顫，我寫下敬虔的詩，
翅脈勾勒光的徑絡。
每一次振翅，
都是微小卻不止息的禱告，
在夢與晨曦交界處，將愛獻給祢。

海擁著燃燒的夕陽，
如同我渴望祢的榮光籠罩。
夕陽奔赴地平線，
因知曉——
夜的深處，夢會接住光，
而晨星必將甦醒。

這顫抖的心，疲憊的手，
無法止息，無法壓抑，

對祢的思念，如潮水湧動，
對祢的渴慕，如風穿越長夜。

祢是我的晨星，
是我的光，
是我的家，
是靈魂的歸途，
是夢醒時，祢的懷抱。

禁食七日

夜未沉，心靜，
我向祢舉手立約。
像祭司捧起未燃的祭，
如以利亞佇立乾涸溪旁，
等待靈裏的甘霖。

第一日，塵世喧囂，
我像迦密山上的先知緘默，
心如同曠野的荊棘，
等待祢的火降，焚燒成祭。

第二日，血忘了江河，
卻記得祢言語裏的甘美。
如橄欖樹不覓雨水，
因內裏已有泉源湧動。

第三日，靈魂輕盈，
如甦醒的先知，
祢的話不再是墨跡，
而是閃耀的火光，
如西奈的雷電，
如聖所不熄的燈。

第四日，字句成活物，
在眼前栩栩如生。
不再是石上的銘文，
而是利劍，也是活水，
是明燈，是鑰匙。

第五日，我立於經卷中，
見約瑟的夢境，
觸摩西的石版，
行彼得的湖水，
在馬利亞的驚詫裏。
祢不再遙遠，
祢在此刻顯明。

第六日，祢的聲音清晰如光：
「可以了，記住這感覺。」
謙卑不僅是俯首，
也不是伏地的屈從，
而是全人的降服，
身體復歸於塵，
靈魂如旱地初雨，
如曠野新芽。

第七日，身雖如殘燼，
靈卻烈焰迎風。
血氣伏地卑微，
靈魂展翅如鷹翱翔。

七日滿，
我泊於祢恩典深處。
祢以靈相親，以火鍛鑄，
使我成為愛與聖潔的器皿。

即或無水無糧，
因祢，我已飽足豐盈。

* 經文參考與解說：

以利亞等候神的供應，如迦密山上的火降臨。（列王紀上 17:1-7，18:20-39）

摩西領受神的話，如西奈的雷電與聖所不熄的燈。（出埃及記 19:16-19）

約瑟、彼得、馬利亞神的啟示與顯現，使信者領受祂的同在。（創世記 37:5-10，馬太福音 14:29，路加福音 1:38）

真正的謙卑是全然降服，靈裡得更新。（詩篇 51:17，雅各書 4:10）

神使飢渴者重新得力，活水江河不止息。（以賽亞 40:31，約翰 7:38）

禱告

潔淨我的腹內，
這是我的靈宮，
不容汙穢駐足，
不讓血氣悖逆。

唯有聖潔盈滿，
唯有齋靈在此。

賜我膝蓋的穩固，
讓敬虔滲入骨髓，
使關節柔順，
讓謙卑浸透肌理。

這雙膝生來為叩拜，
為伏於榮耀，
為貼近塵土，
為永恆的敬拜。

以炭火潔淨我的唇，
讓詩篇自焚燒中升起，
如祭壇的煙，
如馨香的祭。

讓聖潔流經全體，
如電流攀升，
沿著脊髓直抵靈魂。

撐開，再撐開，
俯伏，更俯伏，
延展，再延展——
直到最私密的心室也臣服。

褪去我的衣袍，
剝離我的魂魄，
熄滅我的血氣，
只留下靈與祢相遇。

空杯待填滿——
去除仇恨，傾注公義，
去除焦慮，盛載平安，
去除偽謙，讓真敬虔流淌。

不再是我，而是祢；
不再僅是軀體的跪拜，
而是靈的降服。

敬虔在肌理間迴盪，
如電流穿透神經，
每一根纖維被靈觸及，
在激震中突破時空。

肩胛下沉，如波浪起伏，
背肌層疊，似潮汐推移。
敬虔自頸椎湧現，
沿脊柱傳導，
擴展至每根筋骨。

額貼地，
雙臂如弓，脊柱如弦，
血肉投入永恆。

手的交會

我的手向祢伸展，
跨越罪與黑暗的深淵，
羞愧中觸及荊棘冠冕。
每根尖刺，
如記憶的創傷，
深深刺入靈魂。

祢的釘痕迎我，
不帶責備，卻滿有至高權柄：
「將一切交給我——
你的罪，你的羞愧，
你的懼怕，你的過往。」

我指尖顫抖，
卸下罪的重擔交托給祢，
而祢——
以恩典解開我的枷鎖。

囚牢成為明證——
見證祢的血，如何翻轉破碎，
見證祢的光，如何照亮黑暗。

祢的手將我扶起，
荊棘在榮光中燃燒，
釘痕的愛沁入救恩。

「你的罪，」祢說——
「已鐫刻在我傷痕中，
你的記憶，
將因我的恩典重置。」

我在祢腳前屈膝，
伸出的手，成為贖罪的祭。
而祢的手，
帶著永恆的傷痕，
成為我自由的印記。

我的生命不再獨行。
祢的聖潔，照亮我的存在；
祢的慈愛，迴響於我的每個氣息。

罪與除罪
——罪與救贖的交換

竟然！
祂的名鐫刻在罪影之上。

祂墜落，
成為祭壇上顫慄的血——
Hattat*。

既是贖罪祭，
亦是罪的形樣，
是罪卻又是那除去罪的，
被高舉在遺忘的名冊，
被擘開，
如最後的晚餐，
如未曾發出的誓言。

祂在焚燒中化作光，
於幽暗中鑿出路，
引領迷途的靈魂，
歸向樂園。

祂本無罪，
卻披上罪的形體，
如棄骨沉沙，任時光翻動。

罪，曾是我們的名字，
如今卻銘刻祂的名，
似夜空最後一顆星，
在祂的血中被洗淨。

祂在夜的核心綻放，
是一道刺穿黑暗的光。

將你手中的石放下，
它不再屬你。
將你心上的鎖交還，
它們已在祂掌中成為灰燼。

「放手吧，」祂說，
「這些已歸於我，
你為何仍要緊握？」

「但罪曾是我的輪廓，
是我記憶的銘證。
當它被洗淨，
我是否仍是我？」

祂說——

「你的名，我刻在手心；
你的罪，我擔在傷痕。
它們不再指向你，
只指向十架，
指向我的血與我的恩典。」

我低頭看見，
自己雙手仍握著殘骸，
指節僵硬，滿是舊日的殘痕。
那些過往的影子，
仍如鎖鏈盤踞手腕，
勒住我的心，
彷彿一放手，
便連自己也失去。

祂靜靜望著我，
沒有責問，
只有那雙釘痕之手，
在微光中展開，無聲邀請。

於是，我放下一切，
先鬆開指節，石滑落，
再展開手掌，鎖鏈墜地。

最後，抬起目光，
看見晨曦中祂的名——
比光更亮。

* 經文參考與解說：
Hattat：哈塔特（חַטָּאת），希伯來語，一字雙義——
既是罪，也是除罪之祭。
它指向人的虧欠，也預告神的赦免。

觸摸

曾經，
我的靈魂似被痲瘋攫獲，
受往事牽絆，被曾經的過往火焚，
不斷在記憶的荒街流浪。

我藏身陰影，
披上自責的襤褸，
將往事的失敗縫入肌膚。
每一步，都有罪的低語，
如蛇盤踞心頭——
「你不聖潔！」
「你不配！」
「看清你是誰！」
「這過去，就是你！」

腦中影像如洪水襲來，
暗惡的權勢如鞭，
一次次抽打，
逼我低頭，封我口舌，
讓我相信——
我，永遠無法脫離這纏捆。

而那一日——祢來臨。
穿越時空的塵埃，
踏過律法的藩籬，
無懼「不潔」的吶喊，
祢站在我面前，
俯身，
觸摸我。

「我肯，你潔淨了。」

祢碰觸我，
往事的影像崩塌，
控訴的聲音寂滅，
記憶不堪的鎖鏈碎斷，
我汙穢的痲瘋皮褪去，
祢以光為衣，為我披上。

「我肯，你潔淨了。」

我睜眼，
世界被洗亮，
夜的黑潮已退，
晨光盈滿我雙手。

我是潔淨的，
我是自由的，
我是被愛的，
我是聖潔的。

* 經文參考與解說：

有一回，耶穌在一個城裡，有人滿身長了痲瘋，看見耶穌，就俯伏在地，求祂說：「主若肯，必能叫我潔淨了。」耶穌伸手摸他，說：「我肯，你潔淨了吧！」大痲瘋立刻離開了他。（路加福音 5:12-13）

撒旦從耶和華面前退去，擊打約伯，使他從腳掌到頭頂長毒瘡。約伯就坐在爐灰中，拿瓦片刮身體。（約伯記 2:7-8）

我的肉體以蟲子和塵土為衣，我的皮膚才收了口又重新破裂。（約伯記 7:5）

我的弟兄與我生疏，我所認識的與我像外人。我家裡的親戚離棄我，我的密友忘記我。（約伯記 19:13-14）

現在這些人以我為歌曲，以我為笑談，他們厭惡我，躲在一旁，不住地向我吐唾沫。（約伯記 30:9-10）

名字與遺忘

祢將我的罪，
抹去。
埋進十架。

這遺忘，
是赦罪的汪洋——
深邃、無涯，
將一切虧欠，溶入祢的愛。

我的名字，
在祢的永恆裏燃亮，
似夜星被揀選、被呼喚，
閃爍於生命冊的頁卷。

這般的記念，不是因著我的光彩，
而是祢愛的湧流，
將我鐫刻於永生的磐石，
使我安息於祢的國度。

這記得與遺忘，
是恩典的奧祕——
罪，如灰燼，隨風無蹤；
名，如盤石，堅立不朽。

祢永遠忘卻的，
是我支離破碎的過往；
祢永遠銘記的，
是祢親手寫下的盟約。

罪，已沒於寶血之洋，
名字，在榮光中甦醒。
祢以釘痕之手，
刻下救贖的應許。

這是祢愛的奧祕，
也是我靈魂的依歸——
被遺忘的，盡是殘缺；
被記念的，皆是完全。

祂的問題
——對疑惑者的回應

人問：「神，祢真實存在嗎？」
腳步在塵世交錯，
疑惑如風，來來往往。

祂輕輕反問：
「我是個不真實的神嗎？」

這聲音掠過曠野，
捲起無形沙痕，
不安的足跡倏然隱沒，
似未曾落地的嘆息。

黎明未至，
潮聲試探岸沿，
目光，在夜色裏尋光。

浪潮依舊拍岸，星辰依舊運行，
萬物依舊確立——
唯獨人的信念，游移不定。

而祂的提問，
如光穿透晨霧，落在眉心——
比質疑更銳利，比答案更深邃。

不信者立於風中，
冷眼望向跪拜的人群：
「誰能聽見？
誰來回應這些禱告？
誰承諾滿足這些渴求？」

他們說：
「信仰，不過是心靈的影，
是虛構的夢，
是軟弱者的逃避。」

但那問題仍在迴響：
「我是個不真實的神嗎？」

這聲音懸於時間之上，
如河水鐫刻磐石。

夜幕依舊降臨，
星辰依舊燃燒，
宇宙依舊運轉。

風自無形處來，
又往無形處去。

不信者轉身不顧。

但這問題，仍然存在——
如影隨形，
如光，如風，
從未離去。

榮耀的逆流

如何由顯倒流入暗？
將光收斂成為影子，
讓無限墜進了有限，
成為被時間囚困的心。

如何卸下權柄？
非因被奪，非因軟弱，
而是甘願鬆開掌心的宇宙，
讓自己滿有榮光的名，
消散人間。

為何甘願選擇臥於乾草，
讓氣息微弱，
選擇在最卑微的馬廄，
為世界敞開救贖之門。

從未有光願意化為暗，
從未有王甘願離棄榮冕，
但祂——
不以雷霆，不以烈火，
而如一滴水，
以至尊降為至卑，
無聲地滲入乾渴的泥地。

我見——
榮耀收斂，
如雲吞沒天際，
如曙光隱入露珠，
在世界最柔軟處，
輕輕滋潤塵土。

我見——
無限如何摺疊，
如江河納入小舟，
如星辰落於掌心，
被世人遺忘，
被時光磨平。

我見——
至高者卸下榮冕，
化身嬰孩，
臥入暗夜，
不避風霜，
不拒粗糙的手，
觸摸祂的溫度。

祂選擇——
不在王座，而在路邊；

不在宮殿，而在馬槽；
不在喝采，而在靜默。

當世人仍在高處攫取，
祂已俯身觸碰地上的靈魂，
順流而下，
在最深的暗處點燃微光，
不為己榮，只為照亮人。

一個祈求

神對婦人說：
「如所羅門一樣，
賜妳一個祈求。
他求智慧，妳呢？」

風聲竊竊，人聲喧喧——
「女人啊，妳該求什麼？
容顏？青春？錢財？」

婦人仰首，
眼中映著永恆微光——
「我的神啊，
我只求謙卑裏的謙卑。」

因我見過——
驕傲的國度如何崩毀，
智慧的高塔如何折翼於雲端，
榮耀的冠冕如何壓碎額頭。

我見過——
美貌在歲月中成灰，
錢財在貪婪裏成血，
智慧在驕傲中成囚。

不求青春自誇，
不求容顏作證，
不求歲月垂憐，
不求身影長存。

只願——
一生俯伏祢面前，如風中禾穗，
低頭時仍見祢光輝。

因謙卑生智慧，
而智慧未必生謙卑。
謙卑是我渴願的最美形象，
是我願終身持守的榮耀。

「如妳所願。」神說。

於是婦人在世上——
歲月成為她的冠冕，
銀絲映照天國的光，
皺紋篆刻榮耀詩篇。

在謙卑裏的謙卑，
她成為神手中器皿；

而神，以她的卑微，
顯出祂祝福婦人的輝煌。

聖潔的衣裳

我渴慕的衣裳，名為聖潔。
妝裳中，我披戴神光，
非權勢交織的輝煌，
在慕義的美飾裏，我為祭司。

「你的民將以聖潔為華服，
甘心將己獻上，
如晨露歸天，
如祭火升騰。」

以公義為冠冕，
以真理為束帶，
在聖潔中行走，
在光明裏站立。

這衣裳，是天堂的榮耀，
覆蓋憂傷，流淌喜樂，
是先知筆下的頌歌與聖袍。

我渴望這聖潔的衣裳，
披戴王族的尊榮，
承擔祭司的職份，
站穩於屬天的權柄，
行走在祂的光中。

這衣裳，是我的呼召，
如新婦預備嫁衣，
在號角聲中，
等候至聖者來臨。

虐疾

仍未拂曉，鞭——疾雷抽落，
修士背脊鮮血淋漓。
苦修者低語：
「虐痛中得忠誠，
是一種喜樂，
為讚美至高的純潔。
報償必在苦痛中發芽。」

一道道鞭痕滲濾——真理，
一條條血履沁入——信決。
我看見——
愛在深淵中擺渡，
罪，卻從不因痛而止息。

真正的贖罪，
不在血濺的地，
不在皮開肉綻的背脊，
而在一個謙卑悔改的靈裏。

一顆破碎的心，
勝過千道鞭痕；
一個誠實的靈，
重過萬般苦修。

伊甸園之蛇的哀歌

你仍在蠕動。

蛇啊，
如創世時那樣，
身軀舔舐塵土，
鱗片蹭起漫漫煙沙，
蜿蜒於自己的咒詛。

曾經，你昂首直立，
行走在伊甸園的清風裏，
如今，只能貼地匍匐，
繼續奢望拆碎真理，
妄想讓光墜落成虛。

你的勝利，冷如你的血，
短暫，從未沸騰。
邪惡的耐力，
是一場耗盡己身的試煉。

毒液沿齒唇滲出，
終將回流噬咬自己。
你的仇恨似烈日，
白晝焚燒，夜晚無溫。

築巢於欺騙，
無法立穩，
因光照於暗處，
而暗，無力勝光。

正直者奔跑，如風如火，
而你，不過如冷血的石，
陽光下微微閃動，
夜幕中僵冷不移。

你能戰勝正義嗎？
能熄滅永恆裏的光嗎？
你的影子在黑暗中蔓延，
但光一臨，便無處可遁。

謙卑吧，蛇啊，
在塵土中學習敬畏。
讓你的心比身軀更低，
讓你不再以詭詐為生。

祂說——
你要與女人的後裔爭戰，
你傷祂足跟，
祂，卻要碎你的頭。

你的結局已寫在火湖裏，
你的勝利，不過是一瞬微塵。

這是審判，
也是門檻。
若你頑梗，便永陷烈焰；
若你回轉，蠕動亦可成為敬拜。

或許，
即使是你，也該片刻選擇謙卑，
即使是你，也該片刻仰望恩典。

狩獵場的啟示

——獵人與獵物

血的陰影先於太陽升起。

聽！沉默之中——
獵靴踏碾消散的殘焰，
獵物的心跳顫動於夜的肋骨下，
不知下一刻，歸屬誰。

黑暗如滿弦的弓，死亡在箭尖呼吸，
比生命更深邃。

你可曾見過自己，倒映在獵人瞳孔？
可曾在恐懼中，學會執起長矛？

「不獵捕，就被捕獵。」
這話，在靈魂裏迴盪，
一遍又一遍。

夜深時，數算殘存的道路，
看昨日獵人，今日在籠中戰慄，
昨日勝者，匍匐於更黑的影下。

罪如荒火燒透血脈，
熔化靈魂，

直到認不出——
自己是獵人，還是獵物？

然而，那一位來到獵場。
不持刀，不設網，
手如清晨露珠純淨。

祂立於死亡之間，
既非獵人，也非獵物；
走入野獸的飢渴，
在刀影下閉目。

祂倒下，如隕星，
卻在墜落中，發出極致的光。
那一刻，風向改變，
血的律法開始震顫。

獵人停步，獵物抬首。
祂的血中，有一條無名路，
通往獵場之外。

這是第三條路：
不在高處，不在陰影，
而在愛裏。

祂本可為王，卻自願成為羔羊；
本可施令，卻選擇沉默；
本可殺戮，卻甘願承受。

如今獵場的咒詛已破，
血不再滴落。

我們曾以為——
世上只有獵人與獵物，
但祂開創新的可能。

這是一個邀請——
離開永恆的獵場，
進入愛的國度。

光與暗的抉擇

——致每個疲憊卻勇敢的靈魂

他們來了，從不止息——
鏽蝕的刀鋒在風中低語，
名字一個個被抹去。

你可記得那柄劍？
吉甲的祭壇上，香氣未散，
羊群的聲音已洩露不順服。
那劍曾握於掃羅之手，
又在撒母耳掌中落下，
劃破黑暗，斬斷詛咒。

但未斷的根，仍在滋長。
數世紀後，
異邦宮殿中，
另一刃鋒閃現，
影子跨越城牆，
欲將祂的子民從歷史裏抹去。

黑暗從未死絕，
它只是換了形貌，換了聲音，
換了王位上的名號，
換了執刃的手。

「你用刀使人喪子，
你母必在婦人中失子。」
這是刀對刀的回應，
這是審判的降臨。

但有一柄不同的劍，
從天而降，
不依附王座，
不沾染殺戮。

它不為毀滅，而為靈透，
不為殺戮，唯為揭露。
它穿越時代，
比亞瑪力的咒詛更持久，
比哈曼的詭計更深邃。

這世間，無中立之地。
每個靈魂都站在命定裏，
在光與暗之間——
選擇。

永遠——
都是關於——
選擇。

伊甸園裏的選擇，
從果實的摘食，
經血染的塵土，
至弟兄的背叛。

選擇，讓掃羅失去王權；
選擇，讓亞甲的血脈延續陰謀；
選擇，讓以斯帖踏入王宮，
在沉默中決定一族亡存。

這世界教導爭戰的法則。

但有一人來到戰場，
無兵，無劍，
只立於光暗。

祂選擇承受，
選擇被釘，
選擇讓詛咒落在自身，
選擇讓世上的選擇，在祂裏面終結。

那一刻，
黑暗的律法崩解，
光明得勝，

不因鋒利，
而因甘願成為永祭。

若世界只有征戰，
若選擇只在刀劍兩端，
盼望何在？

另有那一途，
不是妥協，不是投降，
而是超越。
昇入更高境界，
在那裡，戰爭化為頌讚，
仇恨融入慈愛。

因為，有人已走過這路，
在暗夜中劃出光明，
在死蔭裏播下永生。

* 經文參考與解說：

「因我們並不是與屬血氣的爭戰，乃是與那些執政的、掌權的、管轄這幽暗世界的，以及天空屬靈氣的惡魔爭戰。」（以弗所書 6:12）

「撒母耳說：『你既用刀使婦人喪子，你母也必在婦人中喪子。』於是撒母耳在吉甲面前，把亞甲殺死。」（撒母耳記上 15:33）

「他被欺壓，在受苦的時候卻不開口；他像羊羔被牽到宰殺之地，又像羊在剪毛的人手下無聲，他也是這樣不開口。」（以賽亞書 53:7）

「耶穌對他說：『收刀入鞘吧！凡動刀的，必死在刀下。』」（馬太福音 26:52）

「撒母耳說：『你既用刀使婦人喪子，你母也必在婦人中喪子。』於是撒母耳在吉甲面前，把亞甲殺死。」（撒母耳記上 15:33）

「哈曼因為他們報告說末底改是猶大人，就不願意下手害末底改一人，乃想要滅絕亞哈隨魯通國所有的猶大人，就是末底改的本族。」（以斯帖記 3:6）

「撒母耳說：『耶和華喜悅燔祭和平安祭，豈如喜悅人聽從他的話呢？聽命勝於獻祭，順從勝於公羊的脂油。悖逆的罪與行邪術的罪相等，頑梗的罪與拜虛神和偶像的罪相同。』」（撒母耳記上 15:22-23）

「我到世上來，乃是光，叫凡信我的，不住在黑暗裡。」（約翰福音 12:46）

永恆之問
——觀察、涅槃與自有永有

量子之問——觀察者與湧現的存有

如果世界是一扇未定的門，
懸於光未臨到前的隱約；
如果物理的存在，依賴於「觀看」，
那麼，當萬物未曾被觀看，
誰定義了存在？

湧現的世界，如波如粒，
如未來，如過去，
它不是靜止，而是等待，
等待著誰來確立它的真實。

在無限可能的疊加中，
何者是第一道不可逆的塌縮？
在宇宙初生的靜默裏，
誰曾率先睜開眼睛？

這世界不能由自己確立，
除非有一位，
不受觀察影響的存在，
在無觀察者的時刻，已然為「是」。

涅槃——不生不滅，終極的自我消解？

當量子世界在觀察中湧現，
當永恆在時間中顯明，
涅槃說——這一切，都是幻象。
但若萬象皆虛，誰來見證虛空？

有一道門徑說：
「若無執，則無苦；若無我，則無生滅。」
於是，他們焚盡名字，焚盡情感，
焚盡記憶，焚盡執念，
讓「我」在無常的風中飄散，
直至不生，不滅，無來，無去。

但「無來無去」仍是一種存在，
即使「不生不滅」，仍然無法否定自身的「是」。
若涅槃是真理，誰來見證它的真？
若涅槃是「究竟」，
誰能從「非究竟」中證明它的圓滿？

若個體消融，誰還能說：「此地無我」？
當覺知不在，誰來知曉：「此地無生」？
「無」若真為終極，則無法知曉「無」，
「空」若真為終點，則無人能宣告已抵達。

這不是答案，這是思想的矛盾。

自有永有——不依賴而存，超越觀察的存在

在光與暗分開以前，
在粒子與波尚未決定去向時，
祂已然是完整的答案。

那一位，
祂宣告：「我是。」

不是因為有人觀察，祂才成為存在；
不是因為某種條件成熟，祂才是祂自己。
在時間未曾展開的時刻，祂已然是，
在空間未曾鋪展的維度，祂已然存。

祂不是波函數，等待塌縮；
祂不是量子的幽影，在意識來臨時才確定。
祂是「本體」，不受觀察左右，
祂是「存在」，不因條件而現形。

當你問：「最初的眼，從何而來？」
答案，唯有祂。

當你問：「若無時間，何來創造？」
在時間之外的，唯有「自有永有」者。

你在時間內問：「為何有存在，而非虛無？」
但虛無本不能生發此問，
唯有存在，才能思索「存在」。
你與我，便是祂的明證。

終極選擇——門的那一側

你曾問：「涅槃是不生不滅，永恆是否亦然？」
涅槃，
如一池無風的水，
不再映出你的影子。
永恆，
卻是一面鏡，
照出你最初受造時的榮光——
那愛裏不朽的名字，
仍被祂記得。

你曾問：「觀察決定存在，那麼誰又是最初的觀察者？」
而答案從不在物理之內，而在物理之外。

那一道門，
非虛，非空，
非漂泊於波函數的晦暗未明。

門後有光，
不因觀看而生輝，
祂自存，自明，自燃。

門後有愛，
非執於己身，
而是擁抱著每一個被命名的靈魂。

門後有位格，
不是因為人想像而塑造，
而是因為「我是」，
那絕對真理的本源。

試問——
選擇隱沒，還是踏入光中？
選擇寂滅，還是愛的圓滿？
選擇無，還是自有永有？

第六日

第一個第六日：創造

祢以手塑人，
泥土溼潤，心開始搏動。
「要照我們的形象造人」，
沉睡的塵土，被祢氣息托舉，
骨骼與靈魂並立。

天地間，
第一雙眼驚訝於光，
第一顆心初識跳動，
這身軀，映照創造主的榮光。

「看哪，一切甚好。」
晨星歌唱，諸天歡呼，
伊甸的葉梢搖曳，
歡呼著恩典的光景。

在沉睡之中，祢取出亞當的肋骨，
以愛塑造夏娃，
骨中的骨，肉中的肉，
在伊甸中，
映照男與女的聖約。

然而，從塵土造出的背離了祢，
他們在黃昏裏藏匿赤裸的身軀，
無花果葉遮不住靈魂的分裂，
荊棘與塵土流離。

第一個第六日，人的日子，
成了沉淪與死亡的印記。

第二個第六日：救贖

造化遷流，
在時間的滿足裏，
第二個第六日再次降臨。
這一次，祢赤裸於世人眼前，
荊棘編織祢的冠冕。

「成了！」
釘痕鑿開悖逆，長槍刺透肋旁，
血與水傾流，
塵土之上，誕出重生。

第一個第六日，
亞當的肋骨造出夏娃；

第二個第六日，
基督的肋旁流出新婦。

日落吞沒祢的身影，
石門囚禁黑暗，
天地屏息——
創造與救贖的詩章，
正等待一個新的晨光。

人不配，祢卻接納；
人破碎，祢仍捨己。
第一個第六日，祢以愛塑人；
第二個第六日，祢以愛捨己。

* 經文參考與解說：
第一個與第二個第六日
第一個第六日：創造之日
在創造的第六日，神按照祂的形象造人，賦予生命與尊榮，並宣告：「看哪，一切甚好。」然而，人墮落，與神隔絕。（創世記1:26-31）
第二個第六日：救贖之日
在另一個第六日——受難日（星期五），耶穌被釘十字架，荊棘為冠，血與水從肋旁流出，祂最後宣告：「成了！」在人墮落之地，祂完成了救贖。（約翰福音 19:14-30）
新婦：第二夏娃。

永恆之歌
——從失落到復歸

伊甸——失落的原點

祂說：「要有光。」
黑暗後退，如潮汐遠離未曾擾動的沙岸；
虛空如陶土，被言語形塑，
最初的界息，按祂的話語制定。

祂說：「按我們的形像造人。」
於是，我存在，
我的名尚未被呼喚，
靈魂已盈滿氣息，
如活水灌注未曾承載的器皿。

伊甸之境，
四道河流，自源頭分散，
潤澤不朽的初生之域。
我行於其中，純淨如未識罪的清晨，
聆聽祂的聲音，如風輕撫水面，
親近而不驚擾，溫柔且自由。

園中矗立二樹——
生命樹，流溢永恆之光，
分別善惡樹，承載至高之謎。

祂說：「你可食園中百果，
唯獨，
分別善惡樹的果子，
不可吃，
吃的日子必定死。」

從此，「選擇」臨降，
在自由與誡命之間，
在愛的界限與試煉之間，
種下了第一個「是」與「否」。

蛇的聲音來了，
不是從光而降，
而是從暗影低語：
「你們不一定死。」

於是，
被造者心中的第一道叛痕，
撼動時序的根基，
使禁果低垂，如等待的獵物。

我伸手——
秩序傾覆，光輝褪去；
伊甸的祝福崩裂。

我被逐出光明，
晨曦不再迎接我的足跡。
大地沉鬱如鉛，
荊棘與泥土記住我的過往。
身體學會疼痛，
靈魂學會羞恥。

基路伯的劍旋轉，
火焰如永不熄滅的審判，
它對我說：「你不能再回來。」
伊甸隱去，
因失去了起初的榮光，
罪人赤裸。

樂園——等待的河岸

我已脫離了肉體。
這裡不是地獄，也非天國，
是靈魂的中途之域，
時間不再丈量存在，
唯餘盼望的煙息，漂泊虛空的邊陲。

這裡的光，不來自日月，
卻柔和如晨霧，漫溢如活泉；

這裡的風，不順應四時，
卻寧靜如深海，無聲如禱告。

我見亞伯拉罕立於高處，
不再遙望應許之地，
因他已站在永恆的門檻。
我見摩西手持分海之杖，
不再指向曠野，
而是靜待最後的逾越。
我聽大衛的琴聲未響，
卻已與天使的頌讚和鳴；
他不再祈求赦免，
因已穿上公義的白衣。

這裡沒有日影變遷，
沒有季節輪轉。
一切靜止，在永恆的當下沉默等待，
雲層壓低，未曾落雨，
滿弦的弓，蓄勢未發。

我知曉那日終將來臨，
因遠方的聲音正在醞釀，
潮水潛伏，雷聲隱忍，
晨星尚隱黎明。

新耶路撒冷——永恆的家鄉

那日子終於到來！
「看哪，我將一切都更新了！」
這不是呼喚，不是命令，
而是創造主親口宣告的應許成就。

號角吹響，死亡退卻，
新天新地，如新婦披戴榮光，
永恆之門四方開展，
不再有守衛，不再有阻攔。

我見新城從天而降，
不是人手所建，
不是地上宮闕，
而是神的帳幕在人間。
城中不需要日月，
因為神的榮耀光照萬邦；
城中不立殿宇，
因神自己就是聖所。

從寶座湧出的生命水，
奔流如濤江，
比水晶更澄澈，比諸洋更宏偉。

河岸長著生命樹，
四季皆結醫治的果子，
葉子醫治萬民，
一切的存在，
不再凋零，不再止息。

我歌唱，這是新歌，
是直至此刻，
才能真正響起的頌歌。

時間不再流轉，一切已然完成；
世界不再衰敗，死亡已被吞滅；
道路不再迷失，我已歸家。

這不是伊甸的重現，
而是更美的應許成就；
這不是樂園的延續，
而是永恆的全然更新。

這是祂的國度，
從今直到永遠，
永遠，
永遠。

* 經文參考與解說：

伊甸——失落的原點

人受造於神的形像，卻因試探墮落，被逐出伊甸，光輝褪去，承受罪的咒詛。（創世記 1-3）

樂園——等待的河岸

靈魂進入中途之境，日月不再運行，聖徒等待最終救贖，如黎明前的寂靜。（路加福音 16:22-26）

新耶路撒冷——永恆的家鄉

神應許成就，新天新地降臨，生命水湧流，萬民得醫治，死亡不再，永恆更新。（啟世錄 21-22）

羔羊之書
——從救贖到婚宴

贖罪羔羊——

有一個名字，
在黑夜被刺穿之前就已鐫刻；
它從曠野的嘆息中升起，
在被撕裂的經卷中燃燒。

祂赤裸地行走在各各他，
骨骼是風吹過的聖殿，
血滴是最後的聖約。

祂來時無聲，
似黑暗中的光，
在永恆中劃過時間的脈輪。

他們將祂舉起，
如銅蛇高懸於曠野之巔，
如亞伯拉罕未落的刀——
這一次，無人攔阻。

成了！
這聲音穿透罪的囚牢，
然而世界仍在沉睡。

成了！
血從天際流淌，
大地記得，人卻遺忘。

尋羊的牧者——

羊群在荒原迷失，
在石縫間啃食枯草，
在流亡的夜裏尋找主人的呼喚。
牧者立於遠方的門扉。

祂的杖，
使每一個名字在榮耀中甦醒——
誰願意歸返？
誰願意走進溪水，讓心再次潔淨？

祂的聲音穿越曠野，
有羊聽見了，轉身歸家；
有羊仍在自己的影子裏徘徊，
迷失在無盡的夜。

尋回的恩典——

你曾是羊，
如今離群遠走。

風說：
「你離開時，夜比永恆更深。」
它低語：
「祂仍認得你，縱使你的名已在冊子裏模糊。」
那處七個千年的渡口，祂佇立，
等待靈魂歸航。
而你，仍在自己的迷宮中流浪。

祂在每一個破曉守候，
在群星隕落處等待，
尋找那不敢承認想家的羊——
一個自己放逐自己的靈魂。

牧者的呼召——

「你愛我嗎？」

清晨的潮聲中，
彼得低垂雙手，

三次否認的灰燼尚未冷卻。

「去，告訴迷失的靈魂，
有人為他們點亮光，
有人在黑夜裏為他們等待。」

主的手撫過灰燼，
餘燼微光再燃，
祂低語：餵養我的羊。

末日的分別——

光影分開，
左邊，永閉的門；
右邊，展開的生命冊。

主問：
「你曾否餵養飢者？
探視囚徒？
以衣襟遮蔽流離人？」

「祢何以知曉與得見？」他們問。
「凡你們所行的，都臨在我身上。」

有人步入永夜，
有人走向永恆。

背負罪孽者——

你被按上重擔，
讓一切咒詛流入血脈，
隱藏的罪，
從每根骨髓流出。

沒有祭壇，沒有刀刃，
只有曠野的火，
在腳下燃燒。

你被放逐，無人尋回。

遠方，有一縷天光正觀照；
某處，有聲音呼喚。
但你注定獨行，
直到罪債清償。

敬拜的馨香——

他們圍繞那名字頌唱，
那被殺又復活的聖名。
信徒以額觸地。

祭壇燃起火焰，
「被殺的羔羊，
配得榮耀尊貴！」
唯有敬拜在心中熊燃。

羔羊的婚宴——

時間的帷幕開裂，
世界展開最後一頁。
號角響，
新婦身披榮光。

「來！
羔羊的婚筵已擺設！
這一次，無人迷失；
這一次，是愛的終極凱旋。」

* 經文參考與解說：
《羔羊之書——從救贖到婚宴》

「看哪，神的羔羊，除去世人罪孽的！」

這是一首關於羔羊的詩篇，祂有七個名號，見證祂從創世到永恆的榮耀：（約翰福音 1:29）

贖罪羔羊——在黑夜被刺穿前，祂的名已鐫刻；祂如被殺的羔羊，甘願承受一切罪孽。（以賽亞書 53:7）

尋羊的牧者——祂在曠野尋回迷失者，以慈愛呼喚，每一個名字都在微光中甦醒。（約翰福音 10:11）

尋回的恩典——祂在七個千年的晨曦中守候，為那被自己放逐的靈魂等待。（路加福音 15:4-6）

牧者的呼召——「你愛我嗎？」祂呼喚彼得，也呼喚我們，願意為愛餵養祂的羊。（約翰福音 21:15-17）

末日的分別——祂審判列國，光影分開，向行善者展開生命冊，向惡者關閉永恆之門。（馬太福音 25:31-46）

背負罪孽者——祂獨自承擔世界的咒詛，在曠野流浪，直至罪債清償。（希伯來書 9:28）

敬拜的馨香——萬族萬民齊聲敬拜，頌揚那被殺又復活的聖名，直到時間止息，愛成終極凱旋。（啟示錄 5:12-13）

「來！羔羊的婚筵已擺設！」

這是一場跨越永恆的邀請，在血與光之間，祂的名不曾遺忘。（啟示錄 19:7）

非本非源

我尋找「起初」，
在風起之處，在水止之時，
在日升日落之間，在萬象交錯之中，
問——
誰使萬物運行？誰賦予形體？

有人說：
「自然規律自行運作，」
「人與宇宙本為一體，」
「萬物皆歸於虛無。」

佛陀說，一切皆空。
他能見萬物生滅不息，
卻無法觸及最初的生——
因他自己，
雖佛性不滅，佛應身亦在生滅之中。
他在風的來去裏開悟，
見萬法如幻，風自來去；
不命風停留，因風不屬於他。
不干預因緣，
他教人順風、逆風皆可悟道，
可是卻無法將自己從風中分離。

而那一位，走在海面之上，
斥風止浪，因風從祂而生。
祂不是在風中悟道，
祂是道本身——
命風止息者。

老子言，道可道，非常道；名可名，非常名。
他指向那無為的起源，
引人回到未形之境，未名之始，
說：「天下萬物生於有，有生於無。」

但他心知，若道自無而生，
無又何以能生出道？
若一切始於無，
誰是那第一聲的起初？
是誰，使「無」不再空無，
而成為孕育萬象的子宮？

他尋見了「有」的回聲，
卻未見說出「有光」的那位。
他窺見道的流動，
卻不識那使道運流的心。
他離真理只差一步——
他走進空，卻未遇說：「我就是道。」的那位。

梵天被稱為萬物之始，
他坐在蓮花之上，從混沌的水中誕生；
他編織諸界，化育群生，
卻無法言說自己的根。
他呼喚「我在」，卻不能證明「我從何來」。

光也被指為一切的起點，
科學以它為常數，宗教以它為隱喻，
它使萬象顯形，照亮一切存在——
卻不能照見它自身的源頭。

若光不能自照，它如何成為真起？
若創造者不知自身所從，
他便與受造同在幽暗中，
雖高，卻不全能；雖先，卻非元首。

他們皆在呼喚起初，
卻沒有人能說：「我就是起初。」

求道者，聆聽風過千年，凝望日升月沉。
在冥想中，在星象裏，在經典間，
在虛空的迴旋內，構築塔群，
以哲思測量宇宙，
以沉思接近永恆，

走過千條路徑，卻始終停在門前。

我也曾如此。
層層推演裏，以為自己終將尋見，
但每一步逼近，都換來更深的迷霧，
每一次覺悟，都通向更深的未知，
直到承認——

規律不能解釋自己從何而來，
宇宙不能說明自己為何存在，
道不能生出道，
光不能照見光。

萬物皆循軌運行，誰定下這軌跡？
萬物終將合一，誰使合一成形？
無形能生有形，誰是最初的創造？

我問，無人回答。
我找，尋不見源頭。
所有聲音都靜止，
世界被自身的寂滅吞沒，
思想也沉入無聲的淵底。

我在那片虛無的極限裏——
聽見，
「我是。
自有永有。」

自有永有

一

光，
早於時間的步伐，
早於你醒來，
早於你閉上雙眼之前的黑暗。

祂說——「我是。」
光便穿透虛無，
將黑夜攤開。

祂不是石刻的形體，
不是神龕裏的泥塑，
不是人聲呼喚才得以存立的神祇。
祂本是光，本是話語，
本是一切尚未被說出之前，
已然成就的「在」。

誰能與祂比肩？

世上的神需要裝飾，
需要香火，需要人築壇，
它們不能言語，只站在高處，
等著被仰望，被抬升，被擦拭。

但祂——
不依附，不寄生，
不需供奉與保護，
不因人的敬畏而更偉大，
祂在風暴中直立，在虛無中自存。

誰能稱——「我是」？

帝王封神，終究敗於死亡；
哲人思索，仍困於時間；
術士測算命運，無法改變自己的結局。

歷史的名字被雨沖刷，
神廟的磚石崩落成灰，
唯有祂，未曾改變，未曾終結。

祂說——「我是。」
風止，海靜，死人睜眼。
天地崩塌收捲，唯祂不變。

祂的話語創造，
祂的應許成就。

祂說——「要有光。」黑暗便退卻；
祂命令——「大地顯現。」群山便挺立；
祂吩咐——「磐石裂開。」泉水便湧流；
祂呼喊——「拉撒路，出來。」死人便行走；
祂平靜地說——「止了吧，靜了吧。」風暴便止息；
祂說——「成了。」死亡被擊碎。

方舟之上，洪水席捲舊世界；
曠野之中，星光應許新國度；
紅海裂開，深海成為道路；
耶利哥的牆，倒塌於一聲吶喊。

直到祂來，
直到第三日，
死亡反轉，
墳墓空無一人。

世上可有神勝過祂？

世上的神祇索求祭物，
祂——自己成為祭品。
世上的神祇要人獻上所有，
祂——親自為人傾盡一切。

它們接納人所有的貪戀，卻給不起人的新生；
它們只要儀式，不要求改變；
人可以高舉它們，卻仍無法擺脫罪的纏累。

瑪杜克沉默，當王宮陷入火焰；
宙斯的雕像傾圮，當神廟成為廢墟；
埃及的諸神享盡祭品，
卻無法阻止軍隊沉沒於海。

歷史中倒塌的神祇與永存的祂！

人為神塑像，卻須人守護；
人為神築廟，卻須人維繫。
但祂——未有世界，已然存在；
未有根基，已顯立；
未有廟宇，已充滿聖潔。

祂——未曾敗亡，未曾動搖，未曾減損。
祂——是自有永有。

愛與召喚。

祂不是遙遠的神，
不是坐在高處俯視的神，

祂曾踩過人間的塵土，
站在墳墓前流淚，
觸摸病人的傷口，
為浪子奔跑，
被釘上十字架，
為了尋回失落的，屬於祂的。

祂說——「來！」
不論貧窮或富足，不論黑暗或光明，
不論站立或跌倒：「來！」

祂的聲音穿透萬世，
祂的手穿越時光，
只為尋回失喪的靈魂。

二

何為道？

莊子問：「道可逍遙乎？」
風過無痕，水流不返，
但終歸於靜滅，無永生可承。

禪者問：「道可無念乎？」
萬法皆空，頓悟即解脫，
但無念之後，還有誰在？
若無我，誰得自由？
若滅卻一切，何者仍存？

老子問：「道可玄乎？」
萬物生於道，道法自然，
但天地不再時，道又安在？

哲人問：「道可思乎？」
理性推演萬物，
卻測不透死亡後，彼岸的光。

於是，有人問：「何為真道？」

人未尋見，
但道已親臨。

祂說：「我就是道路、真理、生命。」
不是指向某個遙遠的彼岸，
而是親自成為橋梁，
讓斷絕的真理再度恢復，
讓無法橫越的深淵化為坦途。

這道——
祂成了肉身，
前來尋你。
不是要你尋得祂，
而是祂已來到你面前。

悼詞

——在祂的「死」中

舊生命。
你曾緊緊攀附在我的骨上，
如無形的網，
沉重，無法撕裂，
如沙，灌滿我的口，
讓我吐不出禱詞。

你是黑夜的守護人，
在每一刻的無眠中
沁透嘆息，
讓風也挾著滲血的低語。

你是鐵，
鑄進我的命脈，
你是墓碑上無名的銘文，
以半真半假的謊言說：
「我終將回來。」

我痛苦哭喊——
我不願陳舊！我不願仍是我！

你嗤笑：
「你找不著出路。」

但　祂　來　了——
在荊棘的烈焰裏，
書寫出一個屬於我的新名字。
你在祂的雙手中崩解，
你的鎖鍊如塵土碎裂，
你的控訴沉入祂的「死」中，
不再有回聲。

舊生命啊，
你仍試圖啃噬我的腳踝，
但祂的光，
已將你流放到永遠的無聲之地。

在祂的「死」中，
你已被埋葬，
而我，
終於學會走向祂復活的國度。

罪與光

——獻給一切曾被罪疚纏繞的靈魂

「我沒有罪。」
世人如此說。

「我沒有殺人、沒有偷盜，
沒有欺詐、沒有傷害，
沒有在律法面前有愧，
沒有在人的眼裏可被指謫。」

於是，你舉起自認無染的手，
以為自己清白無瑕，
以為自己是光裏的人，
以為審判的刀鋒永不臨到。

但誰曾問：
「罪，真僅於這些嗎？」

罪，
不只是錯誤的行為，
不只是手染鮮血，
不只是欺詐、姦淫、奪取，
罪，
不是世界的法律所能衡量，
因為世界的標準，
今日定罪，明日赦免，

它隨時代而更變，
罪，
從伊甸園起，便不曾改變。

罪，
是當神說：「這是道路，行在其中。」
你卻回應：「我不信祢的美善。」

罪，
是當祂說：「這是愛，這是生命。」
你卻回應：「我自己選擇，無需祢的指引？」

罪，
是人心裏最深的悖逆，
是亞當與夏娃聽見蛇的聲音，
在咬下果實之前，心裏已決定——
「我不需要神。」

罪，
不只是你所做的，
更是你所相信的，
當你說：
「神不懂我的需要。」
「神不會為我成全最好。」

「神只是設立限制，而非保護。」
那時，你的心已然墜落，
即使你未曾行動，
即使你仍站在光明之處，
你已給黑暗留了地步，
黑暗已悄然進駐你的靈魂。

罪，
是你對神的信任破碎，
是在審判與恩典之間，
你選擇了懷疑，
你選擇了自己成為神。

罪，
是你自築的王國，
高聳於自己的意志之上，
你坐在王座，握緊權柄，
用「我選擇」建構它，
以「我決定」保衛它，
擇「我自己定義何為善惡」加冕它。

在這個國度裏，
神的聲音被驅逐，
愛被扭曲成為律法的囚籠，

你以為自己擁有自由，
卻從未察覺，
你早已成為黑暗的俘虜。

罪，
不只是人對人的傷害，
更是人對神的背叛。

大衛在行姦淫之前，
心裏已經離棄神，
彼得在三次否認之前，
已經不再相信祂能救他，
你在犯罪之前，
早已在靈裏跌倒。

你以為那只是一個選擇，
但那是你對神的拒絕。

這就是罪。
這是黑暗的本質。
這是你無法靠自己掙脫的深淵。

但光來了，
祂不是來審判，

而是來尋找，
祂來到囚牢，
伸出釘痕的手，
對你說——

「回來吧，
你以為我來是奪去你的自由，
但我來是讓你得真正的自由。
你以為我是來定你的罪，
但我來是代替你承受罪的後果。
你以為你不能回頭，
但我已撕裂幔子，為你開了一條新路。」

罪，使你在愛裏逃亡，
光，卻在等待你歸回。

你曾說：「不需神來愛我。」
但祂卻為你走上十字架。
你曾說：「神的誡命是枷鎖。」
但祂卻為你承受刑罰。
你曾說：「我不能再回去。」
但祂卻為你撕開幔子，
以祂的捨棄，換來你的永生。

當你仰望那雙曾隱藏的眼，
此刻，祂目光正望著你；
當你看見十架的光擊碎黑暗，
映入你心底最深的幽谷，
你，還能轉身離去？

這不是律法，
不是道德，
這是愛與絕對真理的呼喚——

「回來吧。
你不再是罪的奴僕，
你不再是黑暗的子民，
你是神的兒女，
你已得著新心，
在光裏，得以自由。」

* 經文參考與解說：

馬太福音 27:46或馬可福音 15:34，當耶穌在十字架上大聲呼喊：「我的神，我的神！為什麼離棄我？」（Eli, Eli, lama sabachthani？）這句話引用自詩篇 22:1，是耶穌在極大痛苦中所喊出的話，象徵著天父「掩面不顧」祂，讓祂承受世人的罪。這正是一個「眼睛曾隱藏，如今向你顯現」的關鍵時刻，因為這個「隱藏」是為了讓最終的救贖得以完成。

第四部

戲劇詩：罪錄

——墮落與恩典的交會

人物介紹

主要角色

撒卡（Zachar, זָכַר）

身份與象徵：撒卡是一位持有「罪錄」的見證者與啟示者，他的名字在希伯來文中意為「記念」或「銘刻」，象徵著人類歷史中的罪與恩典的記錄者。他是舞台上穿梭於時空的靈魂嚮導，半明半暗的長袍表現他同時見證審判與救贖的兩面性。

角色職責：他不僅是旁觀者，更是引導靈魂進入神聖啟示與審判的角色。他揭示歷史的真相，使靈魂面對自身的墮落，並將焦點引向基督的救贖之愛。

靈魂（Soul）

身份與象徵：靈魂代表每一位站在神面前的受造物，是人類的縮影。他的旅程是一場靈魂的朝聖之旅，從無知到渴求，從抗拒到順服，最終在審判與救贖之間作出選擇。

角色職責：他象徵著人類在墮落與救贖之間的掙扎，是戲劇詩的核心人物。他的疑問、恐懼、悔恨、覺醒，都使讀者能夠投射自身於他的靈魂旅程。

罪（Sin）

身份與象徵：罪不僅僅是一個概念，而是在戲劇詩中具象化為一個角色——它的聲音如同黑暗中的低語，如同蛇在伊甸園的試探。它是靈魂的控訴者，也是亞當與夏娃選擇背叛的真實體現。

角色職責：罪不只是惡行的結果，更是一種誘惑、謊言、和內心的腐蝕力量。它的話語充滿欺騙與詭計，並不直接強迫人墮落，而是讓人「自己選擇」墮落。

角色發展：隨著戲劇詩的進展，罪的影響力越來越深，直到十字架的救贖徹底粉碎它的控訴。

耶穌（Jesus）

身份與象徵：祂是舞台上最神聖的存在，然而祂以受難者的姿態出現。祂的手帶著釘痕，祂的血如光照亮黑暗，祂的話語帶著宇宙性的權柄。

角色職責：祂是那為人類擔當罪債的羔羊，是唯一真正的坦密祭（每日獻祭），也是唯一能夠終結罪與死亡的主宰。

次要角色

亞當與夏娃（Adam & Eve）

象徵：他們不僅是聖經中的第一對人類，更是所有人類選擇悖逆的代表。他們的故事並不僅僅是一個遠古的傳說，而是不斷在所有靈魂中重演的選擇。

角色發展：從純潔到墮落，從躲避神到經歷憐憫，他們的故事預示著人類整體的命運。

摩利亞（Moriah）

象徵：摩利亞是亞伯拉罕獻以撒之地，是聖殿的建造地，更是基督救贖的預表。在戲劇詩中，它不僅僅是一個地理位置，更是一個靈魂與神相遇的裂隙。

角色職責：它是一個見證者，見證信心的試煉，也見證審判與救贖的交會。

祭司（The Priest）

身份與象徵：祭司是神與人之間的橋梁，他既是獻祭者，也是代求者。他的角色象徵著舊約的贖罪制度，但在戲劇詩中，他的存在也預示著更偉大的祭司——基督自己。

角色職責：他負責舉行獻祭、灑血於贖罪蓋（施恩座），並在贖罪日為百姓代求。然而，他的獻祭並不完全，他的祈求只是影兒，真正的祭司、真正的贖罪將由耶穌基督親自完成。

阿撒瀉勒（Azazel, עזאזל）

象徵：大祭司在贖罪日將罪歸於「替罪羊」。在戲劇詩中，它乘載罪，成為背負罪前往最終審判之地，象徵著被遺棄、被咒詛、與罪的孤立。

角色職責：在靈魂的旅程中，阿撒瀉勒是黑暗的低谷，讓他面對自己無法救贖自己的絕望。

基撒拉（Gezerah, גְּזֵרָה）

罪被送往的終點，是與神完全隔絕的所在。那裡無人可居，無聲、無光，也無歸途。

這地不是單單曠野，而是與恩典斷絕的空白——是神轉臉不顧的地界，是靈魂不能生存的狀態。

角色職責：阿撒瀉勒背負罪後前往之地的終點。

阿沙姆（אָשָׁם）

贖愆祭，為了補償對神或對人的虧欠而獻上的祭，重點在於承認錯誤並歸還損失，預表耶穌為我們完全代贖，償清我們無法償還的債。

哈塔（חַטָּאת）

贖罪祭，為了潔淨人因無意所犯的罪而獻上的祭，目的是除去罪汙，恢復與神的關係，預表耶穌為我們流血，成為贖罪的羔羊。

尼尼微（Nineveh）

象徵：尼尼微是約拿故事中的大城，它本應被毀滅，卻因悔改而蒙憐憫。它與靈魂的故事形成對照，象徵著即使最邪惡的城市，若選擇悔改，也能得救贖。

角色職責：它的存在挑戰人類對公義與憐憫的理解，也使靈魂反思神的愛的深度。

約拿（Jonah）

象徵：他是一個不願見證憐憫的先知，他的逃避反映了人性對公義與恩典的掙扎。他的故事成為靈魂對神恩典的另一層理解。

角色發展：他見證尼尼微的悔改，卻憤怒於神的憐憫，使觀眾思考神的愛是否真的超越我們的理解。

眾聖徒（The Saints）

身份與象徵：眾聖徒是那些曾經歷過罪、悔改、並被救贖的靈魂。他們來自各個時代、各個民族，見證神的公義與恩典。他們的存在象徵著得勝者——在苦難中持守信仰，最終進入榮耀的人。

角色職責：他們在戲劇詩中，如同見證雲彩，為靈魂指引道路。他們的聲音時而是歌頌，時而是訴說過去的見證，時而是與靈魂一同哀悼墮落的痛苦，但最終，他們將一同見證救贖的榮耀。

角色發展：他們從受苦的群體，逐漸轉化為見證的群體，並在終幕中與基督一同迎接新的創造、新的天新地。

眾天使（The Angels）

身份與象徵：眾天使是神的使者、敬拜者、戰士。他們不僅代表神的榮耀與聖潔，也執行神的審判。他們的存在與墮落的靈魂形成強烈對比，象徵著天上的秩序與地上的混亂。

角色職責：

撒拉弗（Seraphim，六翼天使）：環繞神的寶座，宣告神的聖潔：

「聖哉，聖哉，聖哉！」他們的火焰象徵著神的烈焰，使不潔者無法靠近，但也能潔淨罪人（如以賽亞的嘴唇被火炭潔淨）。

基路伯（Cherubim，四翼天使）：守護神的榮耀，曾在伊甸園東邊守護生命樹。他們的出現象徵著神的臨在與審判。

報信天使（Messenger Angels）：負責傳達神的旨意。他們出現在靈魂旅程的關鍵時刻，提醒、鼓勵或審判。

戰士天使（Warrior Angels，天軍，Michael，the Archangel）：負責對抗撒旦與墮落的勢力。他們特別在審判時刻，展現神的權柄，擊敗黑暗勢力，護衛聖潔與公義。

角色發展：天使在戲劇詩中，從伊甸園的守護者、神榮耀的讚美者，到審判與戰爭的執行者，最終迎接新天新地的誕生。

罪錄
——墮落與恩典的交會

序幕：摩利亞的啟示

（舞台一道微光從黑暗中升起，逐漸勾勒出摩利亞山的輪廓。銘刻牆上浮現「摩利亞」的希伯來文字：מוֹרִיָּה，文字如血般閃爍。同時，一個孤獨的靈魂身影出現在舞台角落，靜靜觀望著一切。撒卡莊嚴站立。）

旁白：
「摩——利——亞——，[1]
不只是一座山，
不只是一個地方，
這裡是——靈魂與創造主相遇的十字路口，
也是——審判與救贖的交錯之地。」

（舞台上浮現亞伯拉罕獻以撒的畫面[2]，父親高舉的刀與兒子順服的身影形成震撼對比；隨後轉變為聖殿建造的景象，聖殿金頂反射耀眼的光芒；最終定格在荒涼的各各他山頭[3]，一座孤獨的十字架矗立。）

1　「摩利亞」——創世記 22:2：亞伯拉罕獻以撒的地方，也是後來所羅門建造聖殿的地方。
2　「亞伯拉罕獻以撒的畫面」——創世記 22 章：記載亞伯拉罕遵守神的命令將兒子以撒帶到摩利亞山預備獻祭。
3　「各各他山頭」——馬太福音 27:33：耶穌被釘十字架的地方，意為「髑髏地」。

撒卡（身著半明半暗的長袍，手持尚未打開的罪錄，聲音悲愴）：
「靈魂啊，
你以為你理解神的本質？
你以為你能測透祂的深邃？」

靈魂（從角落走近一步，聲音充滿疑惑）：
「我尋求，卻不明白；
我呼求，卻見深淵；
我仰望，卻被濁光所困。」

旁白：
「人的思想太小，人的心靈太窄，
將神框架在自己的想像中，
為神畫下自以為可理解的肖像——
威嚴的君王，
嚴厲的審判官，
遙不可及的全能者。」

（舞台上矗立一面古老的銘刻牆，牆上閃現以賽亞書 55:8-9：「我的意念非同你們的意念，我的道路非同你們的道路……天怎樣高過地，照樣我的道路高過你們的道路，我的意念高過你們的意念。」）

靈魂（低頭沉思）：
「我曾以為信心是掌握真理，
如今在這摩利亞山上，才明白——
信心是在無法理解時仍然俯伏，

是在看不清道路時仍然前行，
是在無法測度深淵時，
仍願將生命的錨拋入不明。」

（光線轉暗，舞台中央十字架輪廓漸漸成形，但仍籠罩在晦暗中。）

撒卡（聲音如撕裂天地般，充滿莊嚴）：
「摩利亞——
是神與人相遇的戰場，
是時間與永恆交錯的罅隙，
這裡，神的愛將突破人的理解，
這裡，審判與救贖將在同一時刻交會！
看吧！
摩利亞之火，曾吞噬燔祭的羔羊；
各各他的黑暗，曾覆蓋那被釘的王！」

靈魂（顫抖著，向前邁出一步）：
「我是誰，竟敢站在這聖山之上？
我是誰，竟能目睹神聖的奧祕？」

（瞬間，黑暗如波浪般吞沒一切，舞台陷入深不見底的沉寂。一道極細微的光，從虛無中浮現，如同創世時的第一道曙光，映照在一根垂直的木頭上。光芒擴展，橫梁顯露，十字架的輪廓浮現，如同一座即將撕裂宇宙的門扉。就在此時，一道閃電轟然劃破黑暗，光與影交錯之間，十字架上的耶穌被照亮——祂的傷口滴落赤紅的血河，流入時間的深淵。）

靈魂（跪倒，掩面）：
「這光——太強烈！
這愛——太震撼！
我無法直視！」

旁白（聲音破裂，近乎哭泣）：
「看哪——全能者選擇無能！
創造者選擇被造物的脆弱！
生命之主選擇死亡！
榮耀的王選擇赤裸的羞辱！
宇宙的統治者選擇被釘在木頭上！
墮落已臨，
大地第一次嚐到死亡的滋味。
因罪的律法已然確立——
罪的工價就是死。
這就是為何那無辜的生命必須流血，
為亞當和夏娃預備遮蔽。」

撒卡：
「這是宇宙的悖論——
創造雷電的手被釘穿，
鋪張諸天的臂膀被拉伸，
賦予生命的嘴唇乾裂發紫，
懸掛星辰的創造者，
被懸掛在罪人之間。」

（銘刻牆上浮現腓立比書 2:6-8：「祂本有神的形像，不以自己與神同等為強奪的，反倒虛己，取了奴僕的形像，成為人的樣式；既有人的樣子，就自己卑微，存心順服，以至於死，且死在十字架上。」）

（此時，十字架上的耶穌緩緩抬頭，直視觀眾與靈魂，祂的目光穿透時空。銘刻牆上浮現一個古老的日曆，第六日被特別標記並發出光芒。）

旁白（聲音帶著敬畏）：

「看這神聖的時刻安排——
彌賽亞選擇在第六日完成救贖。
在創世的第六日[4]，人被賦予生命；
在救贖的第六日[5]，人因祂得著新生。」

撒卡：

「從逾越節的晚餐開始，[6]
到客西馬尼的掙扎，[7]
從清晨的鞭打羞辱，[8]
到各各他的終極獻上——[9]
這救贖的計劃，
精確展開於第六日之內，

---

[4] 「創世的第六日」——創世記 1:26-31：神在第六日創造人。
[5] 「救贖的第六日」——馬可福音 15:42：耶穌被釘死的日子，預備日（安息日的前一日）。
[6] 「逾越節的晚餐」——馬太福音 26:17-29：耶穌與門徒共進最後的晚餐。
[7] 「客西馬尼的掙扎」——馬太福音 26:36-46：耶穌在被捕前在客西馬尼園的禱告。
[8] 「清晨的鞭打羞辱」——馬太福音 27:26-31：耶穌被鞭打和兵丁戲弄。
[9] 「各各他的終極獻上」——馬太福音 27:32-56：耶穌在各各他被釘十字架。

從日落到日落，
如同生命最初被創造的那日。」

靈魂（喃喃自語）：
「這是設計，不是巧合；
這是計劃，不是偶然；
從創世前，這日期就被圈定，
從永恆裏，這時刻就被揀選。」

（銘刻牆上同時展現創世記 1:26-31 和馬可福音 15:42-43 的經文，兩段經文的關鍵字「第六日」同時發光。
「神看著一切所造的都甚好。有晚上，有早晨，是『第六日』。
到了晚上，因為這是預備日，就是『安息日的前一日』」）

旁白（聲音漸強）：
「這不是巧合，
而是永恆計劃的展開！
第六日，神創造了人；
第六日，神救贖了人；
第六日，死亡被死亡擊敗；
第六日，新生命從犧牲而出。」

撒卡：
「人被造的日子，
成為人被贖的日子；
生命再次被賜予的時刻，

成為生命被更新與重置的時刻。」

（十字架上的耶穌發出微光，祂的傷痕如同創造之初的星辰般閃耀）

旁白（聲音微弱）：
「靈魂啊，不要轉開你的目光，
直視這創造宇宙的主，
看看祂為你心甘情願承受的一切——」

靈魂（顫抖著抬頭，淚流滿面）：
「我看見了，卻不敢相信；
我相信了，卻無法理解；
這愛，超越我的想像；
這犧牲，震撼我的心靈。」

撒卡：
「這雙創造光明的手，
如今被粗糙的鐵釘刺穿；[10]
這張宣告『要有光』的唇，
如今乾裂說出『我渴了』；[11]
這個懸掛星辰的身體，
如今赤裸懸掛在木頭上；[12]
這顆創造心臟的心，

10 「被粗糙的鐵釘刺穿」——約翰福音 20:25-27：提到耶穌手上的釘痕。
11 「我渴了」——約翰福音 19:28：耶穌在十字架上說的話之一。
12 「赤裸懸掛在木頭上」——馬太福音 27:35：兵丁拈鬮分耶穌的衣服，顯示耶穌被剝去衣服。

如今因你而碎。」

（舞台光線變化，十字架上的每一滴血都化為光點，照亮銘刻牆，上面浮現靈魂的名字，以及所有觀眾的名字。）

旁白（聲音帶著震撼）：

「摩利亞的奧祕在此揭曉——
神竟以自我犧牲的愛，
取代審判的烈火；
神竟以破碎的身體，
換取你的完全；
神竟以流淌的血液，
擦去你的罪惡。」

撒卡：

「這不是義務，不是責任，
這是愛的極致表達，
是宇宙間最深沉的真理——
創造你的主，愛你至死；
審判你的主，替你受審；
無限的神，為有限的你，
傾盡一切。」

靈魂（雙膝跪地，聲音破碎）：

「祢愛我，竟至如此！
祢尋我，竟至死地！

我的心，如何能不破碎？
我的靈，如何能不震撼？」

（十字架上的耶穌眼中流下淚水，與血混合，每一滴落在地上都化為光明。）

旁白（聲音顫抖）：
「靈魂啊，你可明白？
即使宇宙間，只有你一人，
祂，仍會為你一人踏上各各他；
即使歷史長河裏，只有你的罪，
祂，仍會為你一人，戴上荊棘冠冕；
即使只有你一人需要救贖，
祂，仍會為你一人，嘗盡死亡的苦杯。」

撒卡：
「如此刻骨的愛，
如此震撼的犧牲，
如此不可測度的奧祕！」

（十字架上的耶穌此時突然抬頭，大聲喊：「成了！」[13]舞台震動，聖殿的幔子在背景中從上到下裂為兩半。一時間，光明與黑暗交織，摩利亞的光芒逐漸轉暗，預示阿撒瀉勒的陰影即將來臨。）

[13] 「成了」——約翰福音 19:30：耶穌在十字架上的最後一句話。

靈魂（在光暗交替中顫抖）：

「成了——這是終結，也是開始；
成了——這是死亡，也是重生；
成了——這是傷痕，也是醫治。」

撒卡（最後的低語，轉向靈魂）：

「靈魂啊，
當你面對這樣的愛，
你還能無動於衷嗎？
當你明白這樣的犧牲，
你的心還能不破碎嗎？
當你看見神為你流盡最後一滴血，
你還能不為之顫抖，不為之痛哭嗎？」

旁白：

「墮落已臨，
大地第一次嚐到死亡的滋味。
因罪的律法已然確立——
罪的工價就是死。
這就是為何那無辜的生命必須流血，
為亞當和夏娃預備遮蔽。

讓我們回到太初，看見這愛是如何在創世前就已預備……」

（十字架的光芒漸漸消散，舞台再次轉暗，為第一幕做準備。靈魂的身影仍跪在舞台一角，如今成為這故事的見證者與參與者。）

第一幕：永恆計劃的展開

序曲：創造之前的祭壇

（舞台完全漆黑，一道微弱的光如同太初的燭火升起。撒卡緩緩現身，手持金邊黑色的罪錄，光芒只照亮他的面容。靈魂從黑暗中慢慢站起，似乎剛從震撼中恢復。）

撒卡（莊嚴地展開罪錄）：
「何為罪？何為救贖？
何為那永恆的奧祕？」

靈魂（小心靠近）：
「我曾以為知道答案，
如今卻發現自己一無所知。」

（光線微微增強，照亮撒卡全身，他的服飾半明半暗。）

旁白：
「罪——
不只是世人眼中的過犯，
不只是對世界律法的違背，
更是對神聖潔本質的褻瀆，
是對造物主主權的悖逆，
是驕傲自義的根源，
是與造物主生命隔絕的深淵；

——救贖
是造物主親自尋找，
是身為祭物的羔羊甘願捨命，以血立約，
是公義與慈愛的完美結合；

——永恆的奧祕
一個在創世以先就預備的計劃，
用完全的犧牲解決罪的權勢，
以神聖的交換，恢復人起初被創造的位份。」

撒卡：
「『坦密』[14]——那永不間斷的獻祭，
如同聖殿裏早晚獻上的羔羊，
預表那最完全的祭。
『阿沙姆』[15]——那贖愆祭神聖的替代，
如同無罪的代替有罪的，
以行為償債、補還虧欠、修復關係，
預表那最終的交換。」

靈魂（困惑）：
「這些古老的詞語，
對我而言如同謎語，
但我感到它們承載著

---

[14] 「坦密」——出埃及記 29:38-42：指每日早晚獻的燔祭，希伯來文「tamid」意為「常獻的」或「持續的」祭。
[15] 「阿沙姆」——利未記 5:14-6:7：贖愆祭，希伯來文「asham」意為「賠償」或「補償」的祭。

我靈魂深處渴望的答案。」

（光線拓展，銘刻牆顯現，上面的希伯來文字如血般流動，隨之顯現中文翻譯。）

銘刻牆顯示：

בְּרֵאשִׁית הָיָה הַדָּבָר וְהַדָּבָר הָיָה אֵת הָאֱלֹהִים וֵאלֹהִים הָיָה הַדָּבָר

太初有道，道與神同在，道就是神。

וְהַשֶּׂה אֲשֶׁר נִטְבַּח מִקֶּדֶם עוֹלָם

創世以前被殺的羔羊。

撒卡（聲音加重）：

「在創世之前，在這最初的奧祕裏，
在光明尚未照耀，
在生命尚未成形，
在墮落尚未發生時，
羔羊已經為救贖預備了道路。」

靈魂（眼中燃起微弱的希望）：

「創世以前……
所以，救贖不是臨時的應對之策，
而是永恆的計劃？」

（祭壇在光中凝聚成形，中央浮現羔羊的輪廓，純白且無瑕，卻有預備被殺的姿態。）

旁白：

「這是一場尚未開始的『獻上』，
卻已在永恆中注定。
這是一道尚未燃起的聖火，
卻早已在羔羊血中熊熊燃燒。」

（祭壇中央，一隻羔羊的輪廓隱隱閃動，靜默等候時刻的來臨。黑暗逐漸翻騰，象徵未來的墮落與敗壞，但羔羊仍然靜靜地躺臥。）

撒卡：

「是的，祂已被殺，
在創世之前，
祂已立為贖愆祭[16]的羔羊，
從太初就預備了，
永恆救贖的應許。」

（銘刻牆閃耀出啟示錄 13:8：「被殺的羔羊，其名寫在創世以來被殺之人的生命冊上。」）

（罪的聲音，在幽暗中如蛇的冷血浮現，嘶嘶作聲）

罪（聲音陰冷，從黑暗中浮現）：

「噢？那麼告訴我，
這羔羊的血，要為誰而流？

16 「贖愆祭」——以賽亞書 53:10：預言彌賽亞將成為贖愆祭。

這祭壇上的火，要為誰而燃？」

靈魂（後退一步，恐懼地）：
「這聲音……我認識它……
它在我心中低語，
引誘我遠離光明……」

撒卡（翻開罪錄，回應蛇）：
「為那尚未墮落的靈魂，
為那即將遠離的受造，
為那將要陷入死亡的世界。」

（祭壇的光微微顫動，顯現出伊甸園的倒影，亞當與夏娃站在中央，光暈籠罩著他們。）

罪（冷笑）：
「看哪！這榮耀的受造，
他們甚至還未背離，
但這祭壇的火，已經為他們燃起！」

旁白（若有所思）：
「這是何等的預見與恩典，
在受造尚未墮落前，
救贖就已預備……」

（舞台此時——蛇、夏娃、亞當三者以陰影樣同現，夏娃手拿果子。）

（亞當與夏娃的影像逐漸變暗，象徵即將臨到的墮落。）

旁白：
「是的，因為死亡的權勢無可避免，
但創世之前，救贖已然預備。
這就是永恆的奧祕——
那不間斷的聖潔獻上，
那完全的神聖互換。
在晨光升起前，
羔羊已然等候。」

（舞台中央，時間之輪緩緩轉動，預示著墮落的時刻將臨。靈魂走向舞台前方，成為墮落故事的見證者。）

特別場：伊甸的真相——被隱藏的選擇

（舞台燈光轉變，進入一種介於現實與回憶之間的狀態。撒卡站在舞台中央，罪錄在他手中發出微光。靈魂站在一旁，神情困惑。）

靈魂（思索著）：
「那蛇是如何欺騙夏娃的？
亞當為何如此輕易就墮落？
我不能瞭解，
最初的罪，是如何進入這世界……」

撒卡（展開罪錄，一頁泛著古老的光芒）：

「靈魂，你所聽過的故事，

只是表面的影子。

讓我揭示伊甸園中，

被隱藏的真相，

那未被訴說的『選擇』。」

（舞台深處，伊甸園場景重現，但這次光線不同——更為透明，如同看穿歷史的面紗。亞當與夏娃的形象更為立體，不再只是墮落故事中的符號，而是有情感、有思想的人。）

（銘刻牆閃現：希伯來文 נָחָשׁ（nāḥāš），『光輝』、『銅』、『占卜』）

旁白：

「看那蛇，不是你想像的普通爬蟲，

希伯來文稱之為 נָחָשׁ（nāḥāš）[17]，

---

[17] 聖經中「נחש」（nachash）這個詞不只是單純的「蛇」。根據希伯來原文和詞根，nachash 這個詞在聖經語境裡包含多重含義，具體如下：

1. 蛇（literal meaning as “serpent” or “snake”）：這是最直接也是最常見的意思，用於描述創世記中的蛇、民數記中的火蛇等。
2. 光輝、發亮、銅、青銅（shining, bronze/copper）：nachash 的詞根帶有「光輝，發亮」的概念，因此聖經裡關於「銅」、「青銅」等金屬（如 nechoshet）其詞根和 nachash 有關，表示帶有金屬光澤的東西。

   例如：摩西造的「銅蛇」就用到這個詞（民數記21章、列王記下18:4），而「青銅」的希伯來文「נְחֹשֶׁת」（nechoshet）與「nachash」同詞根。這也引申出「發光者」的形象，有些學者認為在創世記裡「蛇」也可引申為「閃亮的存在」或「發光的靈體」。
3. 占卜、施行法術（divination, enchantment）：nachash 這個詞作為動詞時表示「占卜、預兆、施行法術」。在聖經其它地方，nachash 就直接被翻譯成占卜或預兆，例如創世記44:5「占卜用的杯」等。

這字眼與『光輝』、『銅』、『占卜』相連，
暗示著一個超越凡物的存在。」

（蛇的形象出現，但不是低俗的爬行動物，而是一種充滿奇異光彩的靈體，幾乎如同天使般發著微光。）

靈魂（驚訝）：
「這……這不是我所認識的蛇！」

撒卡：
「正是如此。
聖經告訴我們，撒旦會『裝作光明的天使』，
在伊甸園，他不是以可怕的形象現身，
而是以智慧、美麗、光輝的姿態出現，
讓亞當與夏娃放下了警戒。」

（蛇優雅地移動，接近夏娃，陽光透過它發光的身體，形成一種迷人的光暈。夏娃的眼中流露出好奇與思索。）

罪（以蛇的形象，聲音詭魅）：
「神豈是真說，你們不可吃園中所有樹上的果子嗎？」[18]

夏娃（毫無戒備，眼中有探索的渴望）：
「園中樹上的果子，我們可以吃。

[18] 「神豈是真說……」——創世記 3:1：蛇對夏娃的第一句誘惑話語。

但神曾說，園中那棵樹的果子，
不可吃，也不可摸，
免得我們死。」

罪（聲音帶著教導者的溫和）：
「你們不一定死。
因為神知道，你們吃的日子，
眼睛就明亮了，
如同神能知道善惡。」

（在這對話中，亞當就站在夏娃旁邊，聽見每一個字。亞當的表情複雜，似乎在掙扎與猶豫。）

旁白：
「注意亞當的位置，靈魂。
希伯來原文明確告訴我們——
『וַתִּתֵּן גַּם־לְאִישָׁהּ **עִמָּהּ** וַיֹּאכַל』
『她給了與她同在的丈夫』
「עִמָּהּ（ʿ**immāh**） **與她一起**」。
亞當並非在遠處，
而是親眼目睹這一切，
但他卻選擇了沉默。」

（銘刻牆上顯示這段希伯來經文，關鍵詞『עִמָּהּ 與她一起』閃爍著光芒。）

靈魂（低頭困惑自語）：
「他為何不阻止她？
為何不提醒她？
為何站在那裡，卻什麼都不做？」
明明上帝指示的人是他！

靈魂（抬起頭凝視亞當，低聲）：
「你為何沉默？」（停頓）
「你內心的掙扎……是什麼？」（停頓）

（舞台上的光開始閃爍，如同時間在亞當的心中凝結，彷彿進入亞當的內心世界。）

亞當（內心獨白，聲音低語）：
「這……只是個果子……真的有那麼嚴重嗎？」

（他的眼神遊移不定，眼中既有憂慮，也有好奇。他看向夏娃，吃了果子的夏娃毫髮無傷，甚至眼中閃爍奇異的光。）

亞當（自我合理）：
「神說會死……但她還活著……」

（他的呼吸急促，眼神掙扎。）

亞當（內心呢喃）：
「如果……我一直都想要這果子呢？」

（瞬間，舞台燈光劇變，黑暗席捲整個舞台。）

（「嚐嚐看……」夏娃的聲音在他耳邊回響，蛇的低語「不會死，和神一樣……」，神的命令聲「不可吃，會死……」交錯出現。亞當的表情顯示出深深的矛盾。）

（夏娃的手伸來，眼中帶著邀請。亞當沒有後退，在高舉他自己的自義心後，顫抖伸手接過，睜大雙眼，咬下第一口。

當亞當吃下果子的瞬間，伊甸園的光芒瞬間破碎，黑暗迅速蔓延。）

靈魂（低聲）：

「他，
是自己選擇了沉默、是自己選擇了墮落。
他，
不是無辜者。」

撒卡（低聲，卻如審判）：

「看他的眼神，
那不是震驚，不是抗拒，
而是隱藏的渴望。
他心中已然也認同蛇的話，
他也想『如神一樣』，
他讓夏娃成為他的『試驗者』，
看她吃了之後會發生什麼？」

靈魂（沉思）：
「夏娃，是某一層面的受害者，
她被欺騙、被誘惑，
她需要亞當的提醒、保護及阻止，
對她說『不可吃』，
但她卻成為亞當試探的工具……
這是何等的悲劇。」

（舞台燈光轉暗，象徵墮落已經發生。同時，一束光照在夏娃身上，顯示她眼中的恐懼與懊悔，不再是簡單的墮落象徵，而是一個真實女人的慌亂。）

（蛇的光輝形象褪去，露出真實的黑暗本質。亞當與夏娃彼此相望，眼中充滿羞愧。）

罪（得意地笑著）：
「瞧，多麼高明的策略！
我選擇不直接誘騙攻擊亞當，
而是透過夏娃的行動，
讓亞當『自己選擇』背叛。
這樣，他的罪就無法推卸，
因為這是他自己的決定。」

撒卡（嚴肅地）：

「蛇的狡詐（עָרוּם ʿārûm）[19]不僅是言語，
更是一種精心設計的圈套。
牠知道亞當是神立約的代表，
是直接從神領受誡命的那位，
所以牠先攻擊間接領命的夏娃，
讓亞當在目睹之後『自己選擇』犯罪。」

靈魂（恍然大悟）：

「所以，最初的墮落……
不只是被欺騙，
而是心甘情願的背叛？
不只是女人的錯誤，
更是男人的沉默與共謀？」

撒卡（點頭）：

「罪的核心不是外在的誘惑，
而是內心的選擇。
亞當明知神的命令，
目睹蛇的詭計，
卻選擇順從人（妻子），而非順從神。
這就是為何罪從一人入了世界；
因為亞當代表著人類，
他選擇成為沉默的叛逆者，

---

19 「狡詐」希伯來原文是 עָרוּם（音譯為 arum 或 `aruwm）。這個字有雙重含義：負面意思是「狡猾」、「詭詐」。正面意思是「聰明」、「通達」、「靈巧」。

他的選擇成為所有人的遺產。」

（銘刻牆上浮現羅馬書 5:12：「這就如罪是從一人入了世界，死又是從罪來的；於是死就臨到眾人，因為眾人都犯了罪。」）

旁白（語氣漸轉）：
「這一幕也揭示了撒旦至今不變的策略——
牠不用強迫，只用欺騙；
不用恐懼，只用渴望；
不讓人覺得被迫，
而是讓人感到『自己選擇』。
這就是罪的最大詭計——
讓你以為這是你的自由意志，
讓你相信這是你的獨自選擇。」

靈魂（低頭思索）：
「我在自己的生命中，
多少次也是如此……
明知不該選擇，卻還是選擇；
明知是欺騙，卻願意相信；
明知有不好的後果，卻甘心跳入。」

旁白：
「但我也看到夏娃的渴望與好奇，
她探索未知的勇氣，
只是被罪所扭曲、所利用……」

（伊甸園的場景逐漸暗化，回到原來的舞台。靈魂與撒卡面對面站立。）

撒卡（溫和但堅定地）：
「靈魂，這就是為何我們需要救贖。
因為罪不是一個意外，
不是一個錯誤，
而是一個根植於人心的悖逆。
從亞當到你，再到所有人，
我們都在重複著伊甸園的選擇。
但神的恩典，
正是為了這樣的悖逆而來。」

（遠處，十字架的影子開始成形，光芒漸強，如同新的希望。）
（特別場結束。）

第一場：墮落的黑暗與坦密的應許

（伊甸園的光芒突然被裂痕切割，亞當與夏娃的形象從光明中跌落，伴隨著大地的震動。赤紅的河流從蛇的蹤跡處蔓延開來。靈魂在一旁震驚地觀望，彷彿感同身受。）

（罪不再只是聲音，而是如煙霧般從四面八方滲入，聲音從各個角落迴蕩）

罪（狂喜若狂，聲音忽高忽低）：
「哈！

他們選擇了我！
選擇了禁果，選擇了背叛！
他們必須離開伊甸！
這流淌的紅色——
就是背離的代價！」

（赤紅的河流化為祭壇上的血跡，象徵罪進入世界。河流蔓延至亞當夏娃腳下，他們惶恐地遮掩自己，卻無法逃避。）

旁白：
「墮落已臨，
但在這墮落的同時，
第一個救贖也開始——
獸皮成為遮蔽，
無辜者的死亡成為掩護。」

（銘刻牆閃耀：創世記 3:21「耶和華神為亞當和他妻子用皮子做衣服給他們穿。」）

靈魂（領悟）：
「第一次的死亡……為了遮蓋羞恥……
第一個獻祭……為了護庇罪人……
神親手宰殺動物，製作遮蔽，
這就是第一個『阿沙姆』，
第一個替代交換的死亡。」

（黑暗繼續蔓延，罪的氣息瀰漫舞台，亞當與夏娃顫抖著，被光明驅離伊甸園。）

罪（竊笑，聲音低沉）：

「伊甸的門已關閉，
這就是你們的結局！
從此，你們的後裔都將屬我，
都將活在我的權勢之下！
已有罪性的你們，
每一次跌倒，
每一次選擇，
都只會證明你們離神越來越遠！」

（銘刻牆上閃耀創世記 3:24：「於是神把他們趕出伊甸園，又在伊甸東邊安設基路伯，和四面轉動發火焰的劍。」）

撒卡（低聲誦讀罪錄）：

「在人墮落那日，
那永恆的羔羊已在曠野等候，
亞伯的祭壇，
挪亞的祭壇，
亞伯拉罕的祭壇，
都指向同一個應許——
完全的羔羊必來，
不只流血贖罪，
更要如阿撒瀉勒的羊，

將罪帶往基薩拉的曠野，
使人與罪永遠隔絕。」

（銘刻牆上，「基薩拉」「גְּזֵרָה」：被剪除之地與「阿撒瀉勒」（עזאזל）」：罪被放逐之地，文字交相顯現。）

靈魂（跪下，聲音顫抖）：
「我看見了自己在他們身上，
我看見了人類共同的選擇，
我們都是亞當，我們都是夏娃，
我們都選擇了背離，
我們都渴望自我為王……」

（舞台閃現舊約獻祭的影像，一代又一代的羔羊在祭壇上被殺。光線閃爍，短暫地在舞台中央投射出一座未來的十字架影子，隨即迅速消失。）

罪：
「看這美麗的死亡！
日日的獻上，年年的祭祀，
但是，這血夠了嗎？
仍然無法改變人心的悖逆，
無法洗淨靈魂的玷汙！」

靈魂（仰望）：
「這些獻祭，竟如此不夠？

這些血，竟不能洗淨？
還需要更多，還需更完全？」

撒卡：
「這些祭物不過是預表，只是影子，
那完全的獻上，
終極的救贖，
尚未臨到。」

（銘刻牆再次閃耀，預示著彌賽亞的到來。創世記 22:8 在銘刻牆上浮現：『神必自己預備作燔祭的羊羔。』）

（舞台沉浸在深沉的黑暗中，銘刻牆上的文字如血般流動。靈魂的身影雖被黑暗籠罩，卻開始發出微弱的光，象徵希望的萌芽。）

第二場：晨祭的應許與黃昏的完成

（光線轉換，舞台中央浮現耶路撒冷的聖殿，祭司們正在預備每日的坦密祭。[20]晨光穿透聖殿的窗戶，照耀在潔白的羔羊上。靈魂站在聖殿階梯下，仰望著這神聖的儀式。）

祭司（舉起羔羊，高聲頌念）：
「這是為世人的贖罪祭，
這是為列國的遮蓋。
每日的晨祭與暮祭，

[20] 「坦密祭」——參考*14：出埃及記 29:38-42 的常獻祭。

這就是『坦密』的預表——
不住的獻上，永不止息；
這就是『阿沙姆』的預示——
無罪的羔羊代替罪人。」

靈魂（走上一級階梯）：
「每一日，流血不止；
每一年，獻祭不息；
這是何等沉重的提醒，
罪的代價竟如此巨大！」

（晨祭的煙霧緩緩升起，象徵著舊約祭司日復一日的獻祭。）

撒卡：
「但這不是最終的救贖，
因為地上的祭司仍需反覆獻祭，
因為這血，
只能遮蓋，不能除罪。」

罪（竊笑）：
「這就是你的神聖祭司？
無止境的殺戮，
無窮盡的流血，
而我，依舊在世界掌權！」

靈魂（痛苦地）：

「永無止境的獻祭，
永遠不夠的潔淨，
這是何等的絕望！」

（黑暗中，隱約的耶穌身影逐漸顯現，祂身穿白衣，手持盛血的杯。）

撒卡（語氣轉為莊重）：

「那真正完成祭祀的，
不只是獻上祭物，
更要親自成為祭物。」

靈魂（震驚）：

「自己成為祭物？祂要……
自己成為獻祭的羔羊？」

（舞台顫動，聖殿的幔子在遠方隱隱顫抖，預示著即將的轉變。模糊的耶穌身影緩緩走向十字架，與舊約的羔羊獻祭畫面重疊。）

旁白（語氣轉為激動）：

「那日，聖殿的坦密祭，
晨祭的羔羊被獻上時，
那位自己成為祭物的，
正走向各各他；
祂被鞭打、戴荊冕；

當日頭轉黑，大地震動，
祂說出最後的話語——
『成了！』
那一刻，贖罪祭永遠完成，
永恆贖愆祭的替代，徹底實現！」

（銘刻牆浮現出約翰福音 19:30：「耶穌說：『成了！』便低下頭，將靈魂交付神。」）

（當「成了」這句話在舞台上迴響時，靈魂震驚地後退一步，表情困惑。十字架的陰影覆蓋整個舞台，聖殿的幔子猛然裂開，發出震撼的聲響。光從裂縫中爆發，照亮整個舞台。）

靈魂（困惑不解）：
「成了？什麼成了？
死亡成了？犧牲成了？
為何這句話有如此力量！
讓天地為之震顫！」

撒卡（向前一步，指向歷史畫卷）：
「看吧，靈魂，看歷史如何回應這一聲宣告。」

（舞台光影變幻，歷史如卷軸展開：亞伯的祭壇、挪亞的方舟、亞伯拉罕舉刀、摩西的會幕、大衛的獻祭、所羅門的聖殿——每個場景如流水般呈現，最終定格在耶路撒冷聖殿。隨著每個場景顯現，靈魂的表情逐漸從困惑轉為驚訝，再到深深的領悟。）

撒卡：

「這一聲『成了』，
完成了自亞當墮落以來的所有預表；
滿足了自摩西律法以來的所有要求；
實現了自大衛時代以來的所有應許。
成了——意味著贖價已付，
成了——意味著罪債已清，
成了——意味著救贖已成，
成了——意味著分隔人神的幔子已裂。」

（靈魂聽著撒卡的解釋，眼中漸漸閃現理解的光芒。當撒卡說到最後一句時，靈魂緩緩跪下，雙手顫抖著舉起。）

靈魂（聲音充滿敬畏）：

「我開始明白了……
每一個祭壇，每一次獻祭，
每一滴血，每一次預言，
都在指向這最後的時刻！
都在等待這終極的聲明！」

（靈魂的目光掃過那些歷史場景，最後停留在十字架上）

（舞台聖殿的幔子在遠方裂開，標誌著舊約的坦密已終結，真正的阿沙姆已成全，象徵舊約的終結，新約的開始。）

（光線漸暗，唯有銘刻牆上的生命冊發出微光。靈魂站在聖殿幔子斷裂處，凝視著那從未見過的至聖所。）

罪（驚恐地吶喊）：
「不！這不可能！
這不只是一個人的死，
這是永恆律法的轉折！
這是我權勢的終結！」

（罪的形象變得扭曲不堪，它想要逃離，卻發現無處可逃，隨即轉身潛入黑暗深處。）

撒卡（轉向靈魂，聲音柔和而堅定）：
「永恆的祭已經獻上，
神聖的交換已經完成，
但故事尚未結束。
每個靈魂，
都要面對一個，
最深的『選擇』。」

靈魂（困惑）：
「選擇？還有什麼需要『選擇』呢？
救贖已經完成，
恩典已經賜下！」

撒卡（神祕地微笑）：
「接受這救贖，

相信這恩典，
降服於這愛，
不就是你必須做的『選擇』嗎？」

（銘刻牆上的文字變為一本打開的生命冊，預示著第二幕的審判。靈魂的名字在生命冊上若隱若現，等待確認。）

靈魂（低頭思索，聲音漸漸堅定）：
「是的，即使恩典已經預備，
我仍需要伸手接受；
即使道路已經開啟，
我仍需要踏步前行。」

（第一幕結束。）
（光線轉暗，舞台準備轉換。靈魂的身影站在舞台邊緣，面對即將到來的審判。）

第二幕：罪的控訴與坦密的大祭司

序曲：阿撒瀉勒的審判

（舞台陷入黑暗，舞台隱現一隻羊的影子，銘刻牆隱約閃爍「阿撒瀉勒」（עזאזל）[21]的文字在牆上如血般流動。靈魂站在黑暗中，身影孤單而脆弱。）

[21] 「阿撒瀉勒」——利未記 16:8-10：贖罪日儀式中被送到曠野的那隻羊，象徵帶走罪孽。

撒卡：

「這是阿撒瀉勒——

乘載罪惡的，

這名字，既是指背負罪孽被送往曠野的山羊，

也象徵著罪的完全隔離，

罪與罪人——被永遠的劃開，

牠背負的，是無可逃避的審判。」

（銘刻牆上閃現利未記 16:8-10 的原文：וְנָתַן אַהֲרֹן עַל־שְׁנֵי הַשְּׂעִירִם גֹּרָ־ לוֹת גּוֹרָל אֶחָד לַיהוָה וְגוֹרָל אֶחָד לַעֲזָאזֵל 隨即轉為中文：「亞倫要為那兩隻公山羊掣籤，一籤歸與耶和華，一籤歸與阿撒瀉勒。」）

靈魂（顫抖）：

「我在這裡，

感到冰冷，感到恐懼，

這黑暗如此沉重，

這寂靜如此壓抑⋯⋯」

（舞台中央，一道光投射在靈魂身上，如被審問的囚犯。他無處可逃，只能面對這刺骨的光照。）

靈魂（聲音微弱，自言自語）：

「這是⋯⋯那裡？

這光芒不是溫暖，而是揭露，

這照耀不是接納，而是審判⋯⋯」

旁白（聲音如同末日的號角）：

「這裡的空氣凝重如鉛，
這裡的沉默如刀，
這裡沒有逃避，沒有遮掩，
這裡的銘刻，記錄著『選擇』。」

（銘刻牆上浮現另一個希伯來詞彙：基薩拉「גְּזֵרָה」，文字發出刺眼的紅光，下方浮現解釋：「被剪除之地」、「被隔離之地」。接著利未記 16:22 的經文在牆上如火焰般浮現：וְנָשָׂא הַשָּׂעִיר עָלָיו אֶת־כָּל־עֲוֹנֹתָם אֶל־אֶרֶץ גְּזֵרָה「要把這羊放在曠野，這羊要擔當他們一切的罪孽，帶到無人之地。」其中「אֶרֶץ גְּזֵרָה」高亮閃爍，強調這是「基薩拉之地」。）

撒卡（指向新浮現的文字）：

「看這『基薩拉』——『被剪除之地』，
阿撒瀉勒是罪的承載者，
而基薩拉是罪的墳墓，
是那完全切斷、永不回返的地方。
這是承罪羊最終被送往的荒漠，
一個靈魂無法生存的絕境。」

（靈魂的身影孤立無助，身體顫抖。）

（舞台中央，審判台緩緩升起，周圍是如霧般的黑暗，形成鮮明的對比。）

撒卡：

「摩利亞與基撒拉，
神聖的啟示與罪的審判，
光明的頂峰與黑暗的深淵，
一處，是神俯身相遇的所在，
一處，是罪被封存的極地。
基撒拉乘載了罪的重量，
摩利亞啟示了神的本質。
兩地相隔，卻又相連——
因唯有經歷罪的深重，
才能領會愛的高深。」

（銘刻牆上出現兩座山的輪廓，一座明亮（摩利亞），一座黑暗（基撒拉），中間有一道若隱若現的十字架橋接，象徵救贖將兩者連結。）

（撒卡站在舞台中央，手持罪錄，他的身影在微光中莊嚴如碑。靈魂小心地走向審判台，每一步都充滿敬畏與不安。）

旁白：

「在此，救贖的奧祕將被揭示，
在此，永恆的互換要被審視。」

（黑暗翻湧，罪的影子逐漸凝聚，如霧般繚繞靈魂四周。銘刻牆上，「基薩拉」與「阿撒瀉勒」的文字交相輝映，逐漸轉變為詩篇 22:1 的經文：אֵלִי אֵלִי לָמָה עֲזַבְתָּנִי「我的神，我的神，為什麼離棄我？」）

撒卡（聲音轉為沉思）：

「知道嗎？靈魂，
救贖最深的奧祕就在這裡——
祂為你去過那個你無法生存的地方，
好使你可以永遠不必去。
那位救贖主，不只是為你流血，
更是親自進入基薩拉，
踏入那無人能去的絕境，
承受與神完全隔離的黑暗。」

（銘刻牆上浮現十字架的輪廓，耶穌的形象在十字架上伸展，祂的血滴向下方的「基薩拉」之地，打開一條光明的通道。同時出現詩篇103:12的經文：כִּרְחֹק מִזְרָח מִמַּעֲרָב הִרְחִיק מִמֶּנּוּ אֶת־פְּשָׁעֵינוּ「東離西有多遠，祂叫我們的過犯離我們也有多遠！」）

靈魂（震驚）：

祂……祂進入基薩拉？
進入那被剪除的地方？
但為何？為何祂要去那裡？」

撒卡（眼中含淚）：

「這就是救贖最深的溫柔。
祂不只是承擔你的罪，
更是將你的罪帶往一個你永遠不再需要去的地方。
當他在十字架上喊著：
『我的神，我的神，為什麼離棄我？』

祂正成為阿撒瀉勒，經歷著基薩拉最深的黑暗——
與神完全隔離的痛苦。」

（靈魂聽到這話，張大眼睛落下淚水。）

第一場：坦密的羔羊與審判之血

罪（聲音如嘶嘶作響的黑暗之火，漸漸逼近靈魂）：
「審判之地，靈魂。
你曾以為你的善行能彌補什麼？
你曾以為你的禱告能遮掩什麼？
來吧，讓我們展開，這卷記錄你一生的書卷——
看見你掩蓋的黑暗，
看見你否認的軟弱，
看見你試圖忘記的一切！」

（銘刻牆上，數不盡的名字燃燒著顫抖的光，每一道光影映照出靈魂過去的一幕幕。他試圖閉上眼睛，卻無法躲避。黑暗化為鎖鏈，如活物般纏繞他的手腳。）

靈魂（顫抖）：
「不……不……這不是我……
我不是這樣的存在……
我也嘗試行善，我也尋求光明……」

罪（冷笑，低語彷彿鑽入靈魂深處）：
「不是你？

那這些『選擇』是誰做的？
貪婪、嫉妒、沉默的背叛——
每一次，你明知不可為而為之，
每一次，你選擇讓良心麻木，
這不是你，還能是誰？」

（罪的身影在靈魂四周化作各樣罪性的具現：驕傲如王座傲慢升起，自義如潔白的外袍卻內裏漆黑，私慾如無底的深淵翻騰，怨恨如暗夜的荊棘蔓延。）

罪（聲音越發陰冷）：
「看看你的本相！
表面的聖潔下，
藏著怎樣的罪性？
那看似敬虔的禱告裏，
潛伏著多少自以為義？
善行背後，
隱藏著如何的驕傲？」

罪（嗤之以鼻）：
「你以為你只是單純的道德缺失，
你以為你僅是對人的虧欠，
哈！你對真理的悖逆與漠視，
使你陷入靈性的死亡，
玷汙了那位起初者所造你的一切！」

（銘刻牆上的文字開始燃燒，化作鎖鏈向靈魂襲來。每一條鎖鏈都帶有一個罪名。）

罪（狂笑著）：
「看！這是你第一次選擇背叛的時刻，
你的良心在流血，而我在慶祝！
這是你將愛踐踏在泥濘的瞬間，
這踐踏是多麼美妙的聲音啊！
你以為藏得很深的慾望，
你以為無人知曉的罪惡！
還有這些……
你高談愛的嘴唇，
吐露過多少傷人的言語！
你謙卑俯身的姿態，
掩蓋著多少看不起人的心念！
每一次你的謊言，
我都在你舌尖歡舞！
每一次你的背叛，
我都在你心中狂喜！
每一個黑暗的意念，
都是我們的密會！
這是你所有的隱密，
這是你推諉的冷漠，
這是你暗中歡愉的貪婪。」

（靈魂在罪性的具現中顫抖，每一個控訴纏繞他的心，每一個控訴都化作一條鎖鏈，纏繞在靈魂身上。鎖鏈越纏越緊，靈魂跪倒在地，顫抖不已。）

靈魂（顫抖痛苦掙扎）：

「停下！停下！不！住手！
我……我知道我有罪，
我知道我有過錯……
我知道我不完全，
但我已尋求赦免，已尋求救贖！
所以我從沒有錯過坦密祭，
我不斷獻祭……
不斷獻上牲祭中的血……
我一直嘗試彌補……」

罪（冷笑）：

「彌補？你以為你的祭物配得上你的罪嗎？
你以為你的懺悔能抵得上你的玷汙嗎？
多少祭物也無法遮掩這些！
多少血也無法洗淨這些！
看看這些鎖鏈，
比你所有的祭都更真實！
比你所有的悔都更深重！」

罪（聲音威壓）：

「你以為你是誰？
不過是汙穢的塵土，

不過是敗壞的靈，
律法早已宣告——罪的工價乃是死！
你試圖用功德遮掩罪性，
你試圖用行善抵銷過犯，
但死亡的判決已經確立。
看看這罪錄，
你的名字，就在這裡！」

（銘刻牆上，一個名字燃燒起來，那是靈魂的名字，如刀筆刻入石上，無法磨滅。靈魂顫抖，鎖鏈越來越重，他跪倒在地。）

靈魂（聲音顫抖）：
「那麼……這就是結局嗎？
我的罪……無法除去？
那每日晨昏的祭，
那替代我罪的羔羊……
都與我無關嗎？」

（靈魂望向撒卡）
（撒卡沉默，但他的目光轉向遠方，似乎在等待著什麼。一縷微光從天而降，如同希望的線索，射向靈魂。）

（忽然，舞台震動，一道異樣的光降臨，刺破黑暗。那不是日光，而是一種燃燒的榮耀，如聖殿裏至聖所的閃電。）

（撒卡舉起罪錄，書頁翻動，一行閃耀的字跡浮現，如同從太初就刻下的預言，字跡如火焰燃燒，顯現在銘刻牆上──「祂被刺傷是因我們的過犯，祂被壓傷是因我們的罪孽，因祂受的刑罰我們得平安，因祂受的鞭傷我們得醫治。」──以賽亞書 53:5）

（光芒漸強，這行字如烈焰般閃爍，映照在靈魂的臉上，罪的身影在光中顫抖後退。）

撒卡：

「不，這不是結局。
因為在這罪錄的最後一頁，
有一個名字比你的罪更古老，
有一個祭比你的獻祭更完全，
有血，
比你的愧疚更聖潔。」

（舞台光線微微轉暖，一縷細微的金光自天而降，正好落在靈魂跪立之處）

靈魂（聲音微弱，但眼中閃現希望的光芒）：

「祂的名字……」

（片刻的寂靜，時間彷彿凝固。舞台上所有光源都漸漸暗下，唯有那道金光愈發明亮）

撒卡（聲音如天雷，卻又如密語，充滿最深的敬畏）：

「這一位是首先的，也是末後的，[22]

是阿拉法，也是俄梅戛，

是自有永有、貫穿永恆的——

耶穌。」

（當「耶穌」這個名字被宣告出來的瞬間，舞台光線驟然改變，萬千光束從四面八方匯聚。銘刻牆上的每一個字同時發光，彷彿整個宇宙都在回應這個名。銘刻牆上浮現多種語言中的「耶穌」：

希伯來文：יֵשׁוּעַ（Yeshua）——「耶和華是救恩」

希臘文：Ἰησοῦς（Iēsous）

拉丁文：IESVS

英文：JESUS

中文：耶穌

這些文字互相交織，光芒流動，最後定格在一行閃耀的經文上：

「你要給他起名叫耶穌，因他要將自己的百姓從罪惡裡救出來。」——馬太福音 1:21）

（靈魂凝視著這些文字，眼中流露光。）

（舞台中央，耶穌的身影顯現，祂身穿白衣，祂的手上帶著釘痕，額上有荊棘壓過的痕跡。祂每向前一步，黑暗就退後一步，鎖鏈就顫動一分。光芒從祂的傷口中溢出。當祂開口說話時，每一個字都如同活水流淌，在空氣中形成金色的波紋。）

---

22 「首先的，也是末後的」——啟示錄 1:17：耶穌自稱為「首先的，末後的」。

耶穌（聲音低沉而溫柔，卻帶著撼動宇宙的權柄）：
「我在這裡。
這是我的血，
甘願為你流出；
這是我的祭，
只獻一次，便成「永祭」。
這是我，
既是坦密的羔羊，流血贖你的罪，
也是阿撒瀉勒的羊，承擔你所有羞恥，
將它們帶到基薩拉之地——
那被剪除的曠野，罪的墳場，你永遠不必踏足的絕境。」

（銘刻牆上呈現一個完整的贖罪日儀式圖景，兩隻羊各自的命運合而為一，在耶穌身上得到完全。）

（靈魂顫抖著抬頭，他的雙手不自覺地向前伸展，卻又因敬畏而停在半空。）

靈魂（聲音顫抖，充滿不敢置信的渴望）：
「祢……祢真的就是那一位嗎？
那從創世前就預備的羔羊，
那承受萬民傷痕的救贖主？
祢的血願為我流，
祢的生命願為我捨，
祢——至高、至聖、無瑕的主，
竟甘願為我這卑微的塵土付上『替死』的代價！」

耶穌（溫和但充滿權柄）：

「靈魂，你的獻祭，無法滿足公義；
你的血祭，無法洗淨罪孽。
但在我的「死」中——
不是一次的死亡，而是無數的死亡；
不是單一的犧牲，而是終極性的替代；
你的舊生命已經終結，
你的審判已經完成。」

（銘刻牆上閃現希伯來文「מָוֶת」Death 的單數形式，隨即轉變為複數形式「מוֹתִים」Deaths，文字發出耀眼的光芒，最後在「他雖然未行強暴，口中也沒有詭詐，人還使他與惡人同埋；誰知『死，In His Deaths』的時候與財主同葬。」以賽亞 53:9 停留）（強調經文中「死」的複數形式。）

靈魂（困惑）：

「在……在祢的『死』中？
『祢的死』如何能『成為我的死』？
『祢的犧牲』如何能『代替我的罪』？」

撒卡（目光如炬）：

「耶穌的死不僅是祂一個人的死亡，
而是以祂一人的死，
承受萬人的死。
你的舊我已與耶穌同釘十架，
你的罪債已在我耶穌中清償，
你的審判已在耶穌身上執行。」

（銘刻牆：「死」、「deaths」、「מוֹתִים」：交替閃現，強調 deaths 的複數，最後浮現羅馬書 5:18：「因一次的義行，眾人也就被稱義得生命了。」）

靈魂（逐漸領悟）：
「所以……這就是「永祭」？
是我不需要再繼續獻祭，
不必再不斷嘗試彌補的原因？
因為……在這樣的替死中，我的舊生命已經死了？」

撒卡：
「正是如此。
祂的死，不只是歷史事件，
而是你命運的轉折點。
你與祂同死，也必與祂同活；
你的舊人已死，新生命已開始。
這就是你的生命可以成為永恆的奧祕——
不是你為自己贖罪，
而是祂替你承擔一切。」

靈魂（流淚顫抖著抬頭）：
「但……我太惶恐……
我不配……
這麼多的罪，這麼深的汙穢……
我不配耶穌為我承擔！」

（舞台顫動，聖殿幔子從上到下裂開，如同天門敞開。罪驚恐地退縮，眼神顫抖，試圖尋找破綻。）

罪（掙扎，聲音急促）：

「不……不……
我不是不知道這血的大能，
但……這靈魂……
這靈魂……
他不配！」

罪（憤怒地轉向靈魂，聲音詭異而低沉）：

「你配嗎？你真的相信這救贖足夠嗎？
你有沒有看清，
你的罪有多深，
你的汙穢有多重？
你知道這替代、交換的代價嗎？
你真的敢讓祂承擔？！」

（靈魂顫抖，不敢直視耶穌的眼睛，鎖鏈仍緊纏在他的手腳。他半抬頭，眼中既有渴望又有恐懼。）

耶穌（耶穌舉起雙手，目光如火焰，望向靈魂）：

「這血，不是因你配得，
這祭，不是因你完全，
而是罪律仍有公義與公平，
償還罪的要求必須被滿足——

罪的工價是死，
這代價必須被付清。

從創世之前，
我已決定親自為你付上這代價，
因為，這是我父神的旨意。」

靈魂（含淚）：
「你早已決定……
在我尚未認識你前……
在我尚未呼求你時……」

（黑暗如海嘯般翻湧，罪的影子仍在掙扎，不願就此敗亡。）

罪（幾乎崩潰地怒吼控訴）：
「不！這靈魂不配！
他仍然會犯罪！
即使你救了他，
他依然會跌倒！
你怎能容許祢與他的交換？！」

（靈魂顫抖，他低頭看見自己的手，過去的罪行文字幽暗的若隱若現。）

靈魂（痛苦地低語）：
「是啊……

即使我被拯救，
我還是會禁不起誘惑跌倒，
我還是會回到罪裏……
我……我真的配得這樣的救贖嗎？」

（罪趁機逼近，發出蛇芯嘶嘶聲在耳邊誘惑。）

罪：
「是的，你終於看清了。
你永遠無法改變，
你只會一次又一次地辜負這救贖，
你只會在祂手裏成為失敗的證據。」

（靈魂顫抖，開始後退，身上的枷鎖不再實質，而是以隱性形象層層捆綁，在他身上緊勒、纏繞。他的淚水如泉湧，心中充滿矛盾——他看向耶穌，渴望救贖，卻無法相信自己能配得這份拯救。）

靈魂（內心交戰，聲音逐漸破碎）：
「我……我想相信……
但我知道自己是什麼樣的人……
我曾經多少次立志，
卻又多少次在同樣的地方跌倒……
我想要被拯救，
但我害怕……害怕自己辜負這救恩……」

（耶穌的目光注視著靈魂，祂的眼神充滿了理解和深切的憐憫，彷佛能看透靈魂所有的掙扎和恐懼。）

旁白：
「這就是罪的控訴與救贖的恩典相遇——
這是每個靈魂必經的掙扎。」

（耶穌向前邁出一步，但沒有急於接近靈魂，祂給他空間面對內心的恐懼與猶疑。）

耶穌（聲音溫柔，直入靈魂最深處）：
「告訴我，你真正害怕什麼？」

（這簡單的問題觸動了靈魂深處的傷痛，他的眼淚潰堤般湧出。）

靈魂（淚眼迷離，低聲）：
「我害怕……我不夠好……
我害怕……我還是會跌倒……
我害怕……我最終還是會離開祢……」

（罪在黑暗中竊笑，但耶穌的光芒越來越強，照亮靈魂周圍的空間。）

靈魂（哭喊，將內心深處的恐懼傾瀉而出）：
「喔！救贖的主啊！願意拯救我的祢！
我害怕自己不夠堅強，
害怕自己會再次辜負祢的救恩！

害怕自己會讓祢失望！
祢知道嗎？
祢真的知道嗎？
祢真的知道我有多軟弱嗎？
祢是如此聖潔、如此完全，
而我……我是如此破碎不堪……
我……我怎麼配得救贖？」

（舞台寂靜，耶穌緩緩走向靈魂，祂的腳步輕盈，卻帶著震撼天地的權柄。祂彎下身，伸出帶釘痕的手，輕輕碰觸靈魂的臉頰，祂的血滴落在靈魂的額上，如同最柔和的光。）

耶穌（俯身，伸出釘痕的手，輕觸靈魂的額頭）：
「是的，我知道。
我知道你所有的軟弱，
我知道你所有的掙扎，
我知道你所有的羞恥。
但我仍然愛你。

我是你的救贖主，
我愛你，不是因為你夠好，
而是因為我對你的愛從不改變。
你會跌倒，但我會扶起你；
你會軟弱，但我的能力在你的軟弱中會顯得完全；
你會掙扎，但我對你的愛永不止息。

到我這裡來，
你要知道，
我對你的憐憫與愛，
高過你所有的罪，
足以保護你、覆庇你。
你的罪有量可數，
我的憐憫是無窮的。」

（銘刻牆上浮現：「只是罪在那裡顯多，恩典就更顯多了。」——羅馬書 5:20）

（靈魂的鎖鏈開始一條條斷裂，每斷一條，就有一道光照進他的心中。）

耶穌：
「無論你的罪有多深、多大，
我的恩典總是更深、更豐富。
不要以為我的憐憫會用盡，
因為這是不可能的。
陷入罪後，你所感到的自責、羞愧，
甚至，懷疑我是否還願意接納你，
這是因為，你還沒有真正明白「成了」的意思。
靈魂，安靜。
有一日，你會在體悟中懂得，
『無論你跌倒多少次，
我的憐憫總是比你的罪更大。』」

（銘刻牆上同時閃現詩篇 136 篇的經文：「稱謝耶和華，因他本為善；他的慈愛永遠長存……」接著顯示耶利米哀歌 3:22-23「我們不至消滅，是出於耶和華諸般的慈愛；是因他的憐憫不至斷絕。每早晨，這都是新的……」）

（這些經文的光芒融入靈魂的身體，使他發出微光。）

耶穌：

「過去的罪已經不能束縛你，
因為我的憐憫覆蔽一切。
勇敢來到我面前，
無論你有多軟弱，
都要記得我的憐憫永不止息。
我對你的愛，
沒有條件。

在我的恩典中，
你會找到你自己真正的安息與自由。
我的愛與恩典，
超越你的過犯，
將使你不至消滅，
並且能活在我的愛中。」

（靈魂怔住，他抬起頭，對上耶穌的眼神，那眼神沒有譴責，只有無法測度、帶有一種至高權柄的愛。）

（舞台顫動，天幕裂開，聖殿幔子完全崩解，救贖的真相完全顯現——耶穌就是那唯一的羔羊，唯一的大祭司，唯一的救贖。）

罪（瘋狂地尖叫地再次控訴）：
「不！不可能！
這交換不可能發生！
這靈魂不配！」

（但罪的聲音正在破碎，控訴正在崩解，黑暗像被燃燒的紙張，一點一點化為虛無。）

靈魂（聲音顫抖）：
「但……這代價……太沉重了……」

靈魂（掙扎，來回踱步）：
「我……我真的能被原諒嗎？」

耶穌（輕聲）：
「我已經為你付出代價。」

（耶穌伸手指向靈魂心中的深處，那裡有一道微光正在萌芽。）

靈魂（掙扎，後退一步）：
「可是……我知道自己的不能……」

（銘刻牆顯現「因為我所做的，我自己不明白；我所願意的，我並不做；我所恨惡的，我倒去做。……我也知道，在我裡頭，就是我肉體之中，沒有良善。因為，立志為善由得我，只是行出來由不得我。……我覺得有個律，就是我願意為善的時候，便有惡與我同在。因為按著我裡面的意思（原文是人），我是喜歡神的律；但我覺得肢體中另有個律和我心中的律交戰，把我擄去，叫我附從那肢體中犯罪的律。我真是苦啊！誰能救我脫離這取死的身體呢？」羅 7:14-25）

（耶穌沒有責備，只是伸出釘痕的手。祂的手心中有一顆種子，象徵新生命的開始。）

耶穌（語氣堅定）：
「我的恩典，永不止息。」

（靈魂淚流滿面，跪下俯伏。他的背後，過去的影子漸漸褪去；他的前方，新的光明正在展開。）

靈魂（顫抖哽咽宣告）：
「呵！這就是了……這就是我唯一的盼望……
主！我的救贖主！謝謝祢！
我願意！
我願意從悔恨轉向悔改！
我願意將自己的罪與重擔交給祢！
我選擇讓自己屬於祢！
這罪錄不再記錄我的罪，而是見證祢的愛！
我的生命，從此刻開始，歸於祢的榮耀！」

（銘刻牆顯示：「仰望為我們信心創始成終的耶穌」希伯來書12：2。將信心放在耶穌身上，祂是信心的創始者，也是信心的完成者。）

耶穌（伸出手，輕觸靈魂的心。一首輕柔的讚美歌從遠方傳來，如同天使的低吟。）：

「來！跟隨我！從此，不要再犯罪了。」

歌聲（輕柔）：

「奇異恩典，何等甘甜，
我罪已得赦免；
前我失喪，今被尋回，
瞎眼今得看見。」

（舞台耀眼光芒湧現，鎖鏈徹底崩裂，罪的身影在極度的恐懼中瓦解，黑暗完全消散。漸漸光芒不再刺眼，而是如清晨的露珠，溫柔地輕撫靈魂，宣告一個新的開始。）

（靈魂顫抖著，眼淚如雨而下。他看見，自己額頭的黑暗印記正在消退，取而代之的是一道柔和的光輝，如同星辰初升。那光芒不刺眼，卻帶著無法言喻的平安。）

（耶穌與靈魂並肩站立，祂指向遠方，那裡有一道新的光，預示著復活與榮耀。）

耶穌：

「你已經得自由，

審判已經過去，
新的生命現在開始。」

撒卡（合上罪錄，但書頁仍有未完的空白處）：
「看哪！這就是『坦密』的實現，
祂成為那永恆的晨昏祭；
這就是『阿沙姆』的完成，
祂親自成為那完全的替代；
『哈塔』的潔淨已經完成，
祂擔當了你未自知的罪。

但這不是終點，
而是開始——
靈魂的旅程，
還有更深的榮耀等待發現。」

（舞台光線轉變，審判之地開始融化，新的榮光在遠方升起，為第三幕做準備。）

（第二幕結束。）

間奏場：約拿的悖論

（當第二幕結束的光芒褪去，舞台轉換為一片蔚藍的海域。撒卡站在舞台中央，罪錄在他手中已不再是黑暗的記錄，而是發出柔和光芒的卷軸。靈魂站在一旁，仍沉浸在剛經歷的救贖中，表情既驚訝又感動。）

撒卡（翻開罪錄新的一頁）：
「在你踏入新生的榮耀之前，
讓我為你揭示另一個救贖的奧祕——
約拿，一個悖論。
這悖論，正如你剛才所經歷的審判，
有著深刻的啟示。」

（舞台上方，一隻白鴿緩緩飛過，投下的影子卻是一個逃跑的人形。銘刻牆上浮現希伯來文「יוֹנָה」（yonah），同時顯示「鴿子」與「約拿」的雙重中文翻譯。）

靈魂（抬頭望著飛過的鴿子）：
「約拿……那位逃避神呼召的先知？
他與我剛經歷的救贖有何關聯？」

撒卡：
「正是。
你可知道，『約拿』在希伯來文中，
與『鴿子』是同一個詞？
鴿子，本應象徵和平與順服，
卻成了最不順服的先知名字。
這悖論，正如你在哈塔（贖罪祭）所理解的——
既是罪，也是除罪的方法，
是「錯」本身，也是「對付錯」的方法；
一字二義，
看似矛盾，卻蘊含真理。」

（舞台後方，海浪聲漸起，一艘古老的船隱約可見。天空變暗，暴風雨的前兆已顯現。）

靈魂：
「他為何要逃？他懼怕危險嗎？
如同我懼怕面對我的罪？」

撒卡（搖頭）：
「不，他逃跑不是出於懼怕，
而是出於——不願神的憐憫臨到他的仇敵。
這是比懼怕更深的罪：
驕傲與自義。」

（銘刻牆上浮現出尼尼微城的影像，那是一座龐大的城市，充滿兇暴與罪惡。）

撒卡：
「約拿被差往尼尼微——以色列的敵人，
傳達神審判的信息：
『再等四十日，尼尼微必傾覆！』
但他心中明白一個真相——
若尼尼微人悔改，
神必會憐憫他們。」

靈魂（若有所思）：
「所以……他不願傳講這信息，

因為他希望尼尼微被毀滅？
因為他們是他的敵人？」

撒卡（嚴肅地點頭）：
「正是。
這就是悖論的開始——
一個審判的預言，
卻含著隱藏的救贖可能；
一個宣告滅亡的信息，
卻暗藏轉機的希望。」

（舞台上的暴風雨加劇，船開始危險地搖晃。水手們慌張地奔跑，約拿的身影出現在船舷旁。）

撒卡：
「看，他寧願被拋入海中，
也不願看到敵人得蒙憐憫。
這不只是一個人的故事，
而是人性深處的映照——
我們常常比神更願看到審判，
而非看到憐憫。」

靈魂（低頭）：
「這……也是我的寫照。
多少次，我希望看到別人受審判，
卻為自己求憐憫；

多少次，我為自己的過犯尋找藉口，
卻嚴厲指責他人相同的錯誤。」

（舞台變換，約拿被魚吞下，三日黑暗的禱告後，被吐在尼尼微城附近的沙灘上。）

靈魂：
「然後他順服了，對嗎？
他傳達了神的信息？」

撒卡：
「他確實傳達了——
但心中仍希望審判臨到。
他宣告：『四十日後，尼尼微必傾覆』，
沒有提及悔改的可能，
沒有給出轉機的希望。」

（銘刻牆上，尼尼微全城披麻蒙灰，從君王到百姓，悔改之景映入眼簾。）

撒卡：
「然而，奇妙的事發生了——
尼尼微人相信這預言，
從君王到百姓，
披麻蒙灰，禁食悔改。」

（銘刻牆上顯示希伯來文「הָפַךְ」（hafak）[23]，同時顯示多重含義：「被顛覆」、「被翻轉」、「被轉化」。）

撒卡（指著銘刻牆）：

「看這希伯來文『הָפַךְ』，
在約拿的預言中，
這詞既可指『被毀滅』，也可指『被翻轉』，
還可意為『被改變』，甚至『被轉化』。
當尼尼微人悔改時，
他們確實『被顛覆』了——
不是被毀滅，
而是被神的憐憫所轉化。」

靈魂（眼中閃現領悟）：

「如同我剛才經歷的！
我原以為我面對審判會被毀滅，
但我被神的憐憫所轉化⋯⋯
約拿的故事是我的故事！」

（舞台轉換，顯示約拿坐在城外的小棚下，陰沉著臉望著尼尼微城。）

靈魂：

「約拿應該為此高興才是，不是嗎？

[23] 約拿書3:4-10 描述約拿宣告尼尼微40日將被傾覆（或覆滅），尼尼微人因悔改穿麻衣禁食，神遂「轉意不降所說的災」（3:10），即原定被顛覆的命運被翻轉和轉化。

他的使命成功了，那城得救了！」

撒卡（搖頭）：

「恰恰相反，他為此憤怒。

他對神說：『我知道你是有恩典、有憐憫的神，

不輕易發怒，有豐盛的慈愛，

並且後悔不降所說的災禍，

所以我急速逃往他施。』

他寧願看到審判應驗，

也不願看到十二萬人因悔改得救；

他寧願自己的預言『正確』，

也不願神的憐憫彰顯。」

靈魂（低頭沉思）：

「這……是否也映照了我自己？

我是否也曾如此？

希望別人受罰，而不是得憐憫？

重視真理的『應驗』，

而忽視生命的拯救？」

（舞台上，陽光毒辣，神使蓖麻生長為約拿遮蔭，又使蟲子咬死蓖麻。約拿因失去遮蔽而發怒。）

撒卡：

「看，約拿為一棵枯萎的蓖麻憂愁，

卻不為一座將亡的城市悲痛；
他心疼一株無生命的植物，
卻不珍視十二萬有靈魂的生命。」

（銘刻牆上浮現神最後對約拿說的話：「這蓖麻不是你栽種的，也不是你培養的，一夜發生，一夜乾死，你尚且愛惜；何況這尼尼微大城，其中不能分辨左手右手的有十二萬多人，並有許多牲畜，我豈能不愛惜呢？」）

撒卡（聲音轉柔和）：
「這就是『約拿的悖論』，也是『神愛的悖論』——
神寧願讓自己的預言看似落空，
也要使人悔改得救；
神寧願自己的話語看似『不應驗』，
也要彰顯祂的憐憫；
神寧願讓約拿的使命『失敗』，
也要使那些不配的人得著生命。」

（光線轉換，十字架的影子浮現在舞台遠處，與約拿的故事形成呼應。）

撒卡：
「而這，正是十字架最深的象徵——
神甚至願意犧牲自己，
來成就看似悖論的救贖；
『律』要求審判，

恩典卻賜下饒恕；
『義』要求生命的代價，
愛卻提供了替死的祭物。」

靈魂（眼含淚光）：
「所以……這就是為何祂願意為我而死？
這就是為何祂的恩典超越我所有的罪？
祂對不配之人的愛，
是我不理解的奧祕。」

撒卡（點頭）：
「正是如此。
約拿逃避神的呼召，寧願躲入深海；
耶穌甘願順服，寧願進入黑暗。
約拿三天在魚腹中，是審判的記號；
耶穌三天在墳墓裏，成就復活的應許。
約拿願見尼尼微滅亡，耶穌卻願萬人得救。
而今，我問你——
你要站在那一邊？
是站在『計算公義與應驗』的一邊，
還是站在『信靠神的愛與悔改』的一邊？
是像約拿一樣，
期待審判的臨到，
還是像尼尼微人一樣，
相信恩典的可能？」

（此時，一隻白鴿從天而降，停在靈魂的肩上。這不再是逃避使命的約拿，而是順服與和平的象徵。光線漸漸轉為溫暖的金色，預示著第三幕的來臨。）

靈魂（聲音堅定而平靜）：
「我選擇站在愛的一邊。
我選擇相信祂的憐憫勝過審判，
祂的恩典超越律法，
祂的愛能轉化一切。
就像那希伯來詞『翻轉 הָפַךְ』所示——
我願被祂的愛所翻轉，
被祂的恩典所轉化，
活出新造生命的樣式。」

（白鴿展翅，引領靈魂向前。）

靈魂（繼續）：
「我不再只為己求憐憫，
也願他人得救贖；
我不再只盼自己得饒恕，
也願眾人得赦免。
神啊，使我成為祢愛的器皿，
如同祢愛我那樣去愛人。」

撒卡（微笑）：
「那麼，讓我們前往那榮耀的聖殿，

因為你已經明白了救贖最深的奧祕——
不只是罪得赦免，
更是生命的轉化；
不只是免於審判，
更是進入與神同在的榮耀。」

（靈魂與撒卡的身影在光中漸漸融合，約拿的故事如畫卷般緩緩收起，舞台轉向第三幕的光輝場景。）

（間奏場結束）

第三幕：新生的榮耀與羔羊的寶座

序曲：復活與新生的曙光

（舞台沉浸在一種超越晨曦的光輝中，光芒既純淨又充滿能力。靈魂站在中央，過去的鎖鏈已化為塵埃，控訴的聲音已成永寂。他的衣袍已從前幕的破舊變為潔白，象徵內在的更新。）

（場景漸變，審判之地消散，一座浩瀚無垠的聖殿顯現。這殿不需屋頂，因為諸天已經敞開，神的榮光直射而下。）

（靈魂凝視著自己的雙手，那裡曾經滿是枷鎖的痕跡，如今卻煥發著新生的光彩。但他的眼神仍帶著初醒時的迷茫。）

靈魂（輕聲）：

「所以，這就是救贖後的世界？

審判真的過去了。
那些黑暗真的消失了。
但為何這些記憶仍在？
為何那些痛苦還能觸及我的心？」

（靈魂環顧四周，手撫過胸前，彷彿在尋找曾經的重擔。一縷晨曦從殿頂射入，照在他的臉上，溫暖而親切。）

靈魂（自語，困惑）：
「那永遠纏繞我的罪疚感，
那無法逃避的自我控訴，
那提醒我我不配的聲音……
它們去了那裡？

我仍然記得我曾經的失敗，
我仍然能感受到那些痛苦，
但……它們不再控訴我，
不再定我的罪……
這是什麼？」

（遠方傳來一陣聲響，如同天使翅膀拂過永恆的回聲。一首輕柔的頌歌開始在聖殿中迴盪。）

歌聲（輕柔而莊嚴）：
「哈利路亞，讚美主！
被贖的靈魂歸家，

新的心靈，新的歌聲，
新的生命今開始。」

撒卡（身影在光中顯現，他的聲音既溫柔，又有審判官的莊嚴）：
「這就是恩典的奧祕，靈魂。
不是記憶的消失，
而是記憶的轉化；
不是過去的抹滅，
而是過去的救贖。

這也是永恆公義的奧祕——
神既宣告罪的工價是死，
祂的公義就不能廢棄這判決。
然而神既是愛，
祂的慈愛也不願讓你承受這死亡。
所以在神的智慧中，
祂既滿足了公義的要求，
又彰顯了慈愛的本質——
基督代替你死，使你可以因祂活。」

旁白：
「那些你曾經的軟弱與跌倒，
如今成為見證恩典的器皿；
那些你最深的羞恥與失敗，
如今成為彰顯憐憫的畫布。」

靈魂（領悟漸現）：

「所以……我不必再逃避那些過往的回憶？
我不必再懼怕那些軟弱？
我不必再因為不夠完美而絕望？」

靈魂（眼中閃現理解的光芒）：

「那些記憶不能再控訴我，
因為它們的毒鉤已被拔除？
那些傷痛不能再定罪我，
因為它們已被愛所轉化？」

撒卡：

「是的，因為恩典不僅僅是罪的赦免，
更是身份的重新定義。
你原先以『罪人』、『不配』、『失敗者』來定義自己，
如今你是『蒙愛的』、『被揀選的』、『神的兒女』。
這並非抹去你的過去，
而是讓過去也成為恩典的見證。」

（靈魂的眼中閃爍著新的亮光，彷彿明白了什麼。他的手觸碰胸口，一種全新的感覺在擴散。他開始微微發光，如同黎明前的星辰。）

靈魂（聲音漸強）：

「我開始明白了……
那日在審判台前，
我只看見自己的罪與不配，

我只看見自己無法達到的標準。
但如今我懂得耶穌告訴我的——
恩典不是基於我的完全，
而是基於祂的完全；
接納不是我努力的獎賞，
而是祂無條件的禮物。
這就是為何我的心仍記得過去，
卻不再被過去所轄制！」

（舞台上的光芒隨著靈魂的理解而增強，彷彿恩典的真理在他心中漸漸成形。聖殿的柱子開始閃耀，每一塊石頭都似乎有生命般發光。）

撒卡：
「是的，靈魂，而這僅僅是開始。
羔羊已經獻上，
死亡與永生，罪與愛、公義交換已經完成，
但你的旅程才剛剛起步。」

（靈魂抬起頭，眼中困惑已消，取而代之的是嶄新的渴慕，彷彿他第一次真正活著。他伸出手，觸摸著那光芒，感受著前所未有的親近。）

靈魂：
「剛剛起步？」

（撒卡展開罪錄，但這書卷已不再是黑暗的記錄，而是閃耀著生命的光芒。銘刻牆上浮現著永恆的應許：「我要賜給你們新心，將新靈放在你們裡面，我要從你們肉體中除掉石心，賜給你們肉心。我要將我的靈放在你們裡面，使你們順從我的律例，謹守遵行我的典章。」——以西結書 36:26-27）

撒卡（誦讀銘刻牆經文後，聲音充滿盼望）：

「祂不僅要救贖你，
更要使你成為聖潔；
不僅要赦免你，
更要賜你新的身份；
不僅要帶你離開黑暗，
更要使你成為光明，
永遠住在祂的榮耀裏。」

（這話語如同活水的江河般流淌，照亮靈魂的眼目。他第一次看見了自己真實的身份——不只是蒙赦免的罪人，更是被重造的新人。）

（一道柔和的風吹過聖殿，帶來春天般的馨香。靈魂深吸一口氣，感受著這新鮮的生命氣息。）

靈魂（張開雙臂，如孩童般歡欣）：

「這自由……這喜樂……
這是我從未經歷過的！
我的心如此輕盈，
我的靈如此清明，
我，回轉成了孩子！」

旁白：

「看哪，靈魂，
這光不是為了審判，
而是要向你顯明——
你在基督裏的新生命，
你永恆的命定。
因為祂已為你預備了道路：
祂要帶你進入更深的奧祕，
進入祂榮耀的同在。」

靈魂（輕聲）：

「這不是終點……
這只是開始……
原來，救贖不只是讓我擺脫審判，
更是讓我進入榮耀的身份……」

撒卡（微笑，點頭）：

「正是如此。
你被造，不僅是為了被拯救，
更是為了與神同住；
你被赦免，不僅是為了離開罪，
更是為了成為聖潔。
這就是羔羊的寶座之約，
這就是永恆的應許。」

（光芒如瀑布般傾瀉而下，舞台開始轉換，聖殿的形象漸漸淡去，一個更榮耀的異象正在顯現——永恆的寶座。靈魂的身影也開始轉變，不再只是觀眾，而成為這榮耀異象的參與者。）

第一場：靈魂的遲疑與坦密的成全

（舞台中央，光輝如大海般湧現，永恆的寶座在榮光中顯明。不是地上的王座，而是啟示錄中的異象——彩虹如冠冕環繞，閃電如翅膀舒展，雷鳴似天使的頌讚。羔羊站立其中，榮光勝過千日。）

（寶座四周，四活物的讚美震動諸天，二十四位長老俯伏敬拜。萬民環繞四方，身披潔白的衣袍，額上有羔羊的印記，手中揚起得勝的棕枝。天使們的歌聲與聖徒的讚美交織成永恆的詩歌。）

眾聖徒（如眾水的聲音）：

「願尊貴、榮耀、權柄
歸於寶座上永活的神，
也歸於代贖的羔羊！
因祂的寶血，
買贖了萬族萬邦！
因祂的慈愛，
使我們永遠與神同在！」

（靈魂佇立原地，目不轉睛地注視寶座。耶穌站立其上，不再是受難的形象，而是榮耀的君王。然而祂手上的釘痕，仍在述說那永恆的愛。）

靈魂（聲音因敬畏而顫抖）：

「這是……祂寶座永恆的榮耀？

那從創世前就預備的羔羊，那承受萬民傷痕的救贖主？
那進入基薩拉黑暗的代罪者？
祂的血為我流，祂的生命願為我捨，
祂更願為我經歷與神隔絕的痛苦，使我永遠不必進入那黑暗！
祂——至高、至聖、無瑕的主，
竟甘願為我這卑微的塵土付上『替死』的代價！」
這就是……愛的終極彰顯？」

（靈魂向前邁出一步，但又停住，眼中充滿敬畏卻又因震撼而仍有著不確定。）

（銘刻牆上浮現基薩拉的荒野被光明淹沒的景象，象徵罪的隔絕之處被救贖的光充滿。）

撒卡：
「是的，
這就是你所敬畏、所愛的那一位，
這是你曾懷疑自己是否配得祂救恩的救主，
祂如今坐在榮耀寶座上，
不只為你，
而是為萬國萬民，
直至永恆。」

（靈魂目不轉睛，注視著羔羊身上的傷痕，那些痕跡在榮光中卻發出奇異的光芒，不再是羞辱，而是得勝的印記。）

靈魂（喃喃低語）：

「祂仍然帶著傷痕……
即使在這榮耀的寶座上，
祂也不隱藏那為我受的苦……」

撒卡（溫和地）：

「是的，
這些傷痕永不消失，
它們是愛的見證，
是救贖的印記，
是你永遠已經屬於祂的確據。」

靈魂（眼含熱淚，跪倒在地）：

「這一切……早已為我預備……
這一切……我竟曾懷疑……
我竟曾害怕自己不配……
但如今，我真正懂得了——
我從不是配得這恩典，
這恩典本就是主白白賜下！
這一切都是真的！」

（靈魂的淚水滑落，這一次，不再是懼怕的淚水，而是感恩與敬拜。舞台開始顫動，眾聖徒的歌聲越來越高昂，天使的詩班環繞寶座。）

眾天使（合唱，歌聲壯麗）：

「聖哉！聖哉！聖哉！

全能的主神！
昔在今在永在的全能者！

寶座上的羔羊配得！
配得尊貴、榮耀、能力、智慧！
直到永永遠遠！」

（耶穌從寶座上站起，望向靈魂，祂的眼神既有君王的威嚴，又帶著慈愛。祂向靈魂伸出手，無聲地邀請。）

撒卡：
「去吧！你已真正認識了祂！
祂不只是救贖，更要與你同在；
不只是赦免，更要與你同住；
不只是潔淨，更要你得榮耀。」

（靈魂終於向前邁步，每一步都比前一步更堅定，他的衣袍開始發光，如同初雪般潔白，額上開始顯出羔羊的印記。一步又一步，他越走越近，直到站在寶座前。）

（撒卡在一旁微笑，見證一個靈魂真正走向命定。）

（耶穌從寶座上伸出手，觸摸靈魂的額頭，祂的聲音溫柔，卻又如同萬水奔流。）

耶穌：

「你的罪已經被除去。

你的舊生命已經過去。

你的新名，已經被記錄。」

（銘刻牆閃耀：「得勝的，我要賜他隱藏的嗎哪，並賜他一塊白石，石上寫著新名，除了領受的以外，沒有人能認識。」——啟示錄 2:17）

（靈魂顫抖，眼淚滑落，他看見自己的額頭浮現一個新的名字——不再是「有罪的」，而是「屬神的」。這名字發出柔和的光芒，映照在他的臉上。）

靈魂（震撼地低語）：

「我是祢的……我是屬於祢的……

這個名字……這個身份……

不再是羞恥，而是榮耀；

不再是枷鎖，而是冠冕。」

（耶穌微笑，眼中充滿無盡的愛與接納。祂拉起靈魂的手，引他站起。）

靈魂（流淚，舉手敬拜）：

「我的生命已經屬於祢，

我的存在只為榮耀祢，

直到永遠。

唯有祢配得尊貴，
唯有祢配得讚美，
因祢的愛勝過死亡，
因祢的恩典填滿深淵！」

（天使伸手將靈魂扶起，帶他加入眾聖徒的行列。靈魂的身影開始與眾聖徒融合，成為榮耀敬拜的一部份。）

（撒卡站在一旁，緩緩闔上罪錄，書頁化為金光，所記錄的不再是控訴，而是救贖的見證。）

撒卡（對觀眾）：
「從創世前起初的預備獻祭到永恆的榮耀，
從墮落的陰影到復活的光輝，
這就是罪錄的真相——
不只是罪的記錄，
更是愛的見證。」

（撒卡轉向觀眾，目光堅定而溫柔）：
「而你呢？觀看這一切的你？
你是否也願意接受這救贖？
你是否也願意面對自己的真相？
你是否也願意讓愛勝過恐懼？」

（舞台光芒耀眼，黑暗完全消散，世界不再有控訴，不再有罪，不再有眼淚與死亡。靈魂的歌聲與眾聖徒的讚美交織在一起，成為一首永恆的詩歌。）

第二場：永恆的敬拜

（舞台上只剩下純淨的光，眾聖徒的歌聲如浪潮般此起彼伏。靈魂已完全融入敬拜的行列，他的聲音不再顫抖，而是充滿喜樂與力量。）

眾聖徒與天使（合聲）：
「聖哉！聖哉！聖哉！
耶和華萬軍之神！
榮耀歸於坦密的羔羊！
頌讚歸於成就阿沙姆的主！
祂的寶座堅立直到永遠！」

（靈魂的歌聲從合唱中分離出來，成為獨特的禮讚。）

靈魂（獨唱，聲音清亮而充滿感動）：
「祢尋找我，當我迷失；
祢呼喚我，當我遠離；
祢擁抱我，當我歸回；
祢醫治我，當我破碎。

祢的愛，超越我的理解；
祢的恩，深過我的罪孽；
祢的血，潔淨我的汙穢；
祢的足跡，踏過基薩拉的曠野，
使我永遠不必尋回那罪的記憶；

祢的名，成為我的力量。」

（靈魂慢慢伸出雙手，向羔羊的寶座走去。當他越靠近，光芒越加柔和，他的衣袍變得更加潔白，他的眼神不再帶有恐懼，而是滿溢著對愛的回應。）

靈魂（堅定地）：
「是的，我願意。
我願意成為祢所造的樣式，
我願意活在祢的榮耀裏，
我願意與祢同行，
直到永恆。」

（眾聖徒加入和聲，靈魂的禮讚成為敬拜的核心。）

眾聖徒（合聲）：
「哈利路亞！榮耀歸主！
恩典湧流如江河；
憐憫常在如日光；
祢的慈愛永不止息！」

（靈魂的聲音與眾聖徒融為一體，卻又清晰可辨。）

靈魂（充滿喜樂）：
「從創世之前到永恆的深處，
從罪的枷鎖到救贖的自由，

我的靈魂找到了歸宿——
在救主完成的『獻上』，
在永恆公義的『交換』，
在羔羊的寶座前。」

（靈魂從敬拜者的行列中走出，面向觀眾，成為見證者。）

靈魂（對觀眾，語氣親切而迫切）：
「我曾如你，迷失在黑暗；
我曾如你，被控訴所困；
我曾如你，懷疑自己配得。
但祂尋找我，如同祂尋找你；
祂愛我，如同祂愛你；
祂為我死，如同祂為你而死。

這救贖不止於我，
這恩典不限於少數，
這愛向所有人敞開——
只要你願意，只要你相信，
只要你回應那敞開的懷抱。」

旁白：
「罪錄已成榮耀之書，
控訴已化為讚美，
神使罪的記錄成為愛的見證，
祂使審判之地成為敬拜之所。」

（舞台光芒愈發強烈，直至耀眼，眾聖徒的敬拜聲浪達到高潮。）

眾聖徒、靈魂、撒卡與旁白（合聲）：
「耶穌基督，那永生的羔羊！
耶穌基督，那完成救贖的主！
耶穌基督，那永遠的大祭司！
配得榮耀，尊貴，權柄，讚美，
從今時直到永遠！」

靈魂（對觀眾，最後的呼喚）：
「來吧！這愛也是為你準備！
這赦免也是為你預備！
這榮耀也有你的位份！
不再等待，不再猶豫，
因為祂今日仍在呼喚，
今日仍在尋找，
今日仍然張開雙臂，
等待你的回應！」

（燦爛的光芒中，靈魂完全融入敬拜的行列，罪錄在撒卡手中化為純光，寶座的榮耀籠罩一切。）

（舞台上的光漸漸形成同心圓的波紋，從寶座向外擴散。敬拜的聲音也形成波浪般的起伏，如同永恆的交響曲。一曲聖詩的旋律在光芒中形成：）

眾聖徒與天使（歌唱）：

「這話語如同活水的江河般流淌，
照亮靈魂的眼目。
他第一次看見了自己真實的身份——
不只是蒙赦免的罪人，
更是被重造的新人。」

（在最後一句讚美結束時，舞台光芒突然強烈到極致，使觀眾短暫「目盲」，象徵凡人無法直視神的完全榮耀。當光芒褪去，觀眾的視覺恢復時，舞台已空無一人，只剩下敞開的罪錄，最後一頁寫著「我必快來」。一隻白鴿飛過舞台，帶走最後的光芒。）

（全劇終。）

特別加場：伊甸的真相——被隱藏的選擇

（全劇落幕後，舞台短暫黑暗。待觀眾掌聲平息，舞台再度亮起，但光線與主劇不同——更為親密、沉思，如同一場深夜的對談。撒卡獨自站在舞台中央，手持已閉合的罪錄。）

撒卡（對觀眾，語氣親切而直接）：

「我們一同經歷了這段旅程，
從創世前的預定到永恆的完成，
從罪的陰影到救贖的光輝。
但在我們道別之前，
我想揭開一個被遮蔽的真相，
一個關於伊甸園的隱藏奧祕。」

（撒卡重新打開罪錄，書頁散發出古樸的光芒。舞台深處，伊甸園的場景若隱若現，亞當與夏娃的身影更為立體，不再是影子與符號，而是有情感、有思想的人。）

旁白：
「多少世代以來，
我們都以為故事很簡單——
蛇誘惑了夏娃，
夏娃引誘了亞當，
亞當無辜地跟隨，
於是罪進入世界。

但事實真是如此嗎？」

（銘刻牆上浮現創世記 3:6 的希伯來文：וַתִּתֵּ֧ן גַּם־לְאִישָׁ֛הּ עִמָּ֖הּ וַיֹּאכַֽל׃）

撒卡（指向經文）：
「注意這關鍵的詞——עִמָּ֖הּ（‘immāh），
意為『與她同在』。
原文清晰地告訴我們：
亞當當時就在場，
他目睹了整個對話，
他聽見了每一個字，
卻選擇了沉默。」

（舞台上，伊甸園場景更加清晰。蛇出現了，但不是爬行動物，而是一個發著微光的優雅存在。亞當與夏娃站在不遠處，夏娃的表情充滿好奇，亞當則是複雜的注視。）

旁白：

「看那『蛇』——נָחָשׁ（nāḥāš），
在希伯來語中，
這個詞與『光輝』、『銅』、『占卜』相關，
暗示著一個超凡的存在。
林後 11:14 告訴我們：
『連撒旦也裝作光明的天使。』
他在伊甸園不是以可怕的形象現身，
而是以智慧、美麗、光輝的姿態出現。」

（蛇靠近夏娃，開始對話。亞當就站在一旁，表情複雜，似乎在觀望。夏娃的眼中充滿探索的渴望。）

撒卡：

「現在，思考這深層問題——
亞當為何不出聲？
為何不提醒夏娃？
為何在蛇說『你們便如神』時不反駁？
提前 2:14 告訴我們：
『不是亞當被引誘，乃是女人被引誘。』
這意味著什麼？」

（撒卡走向觀眾，目光掃過每一個人。他的表情不是審判，而是深

刻的思考。）

旁白（語氣加強，聲音低沉）：

「這意味著亞當的罪比夏娃更重。
因為他不是被欺騙的，
而是選擇了背叛。
他內心是否早已動搖？
是否也渴望『如神一般』？
是否讓夏娃成為『試驗者』，
看她吃了之後會有什麼後果？」

（舞台上，夏娃被蛇的話語吸引，眼中充滿困惑與渴望。她的手顫抖著伸向禁果。亞當沒有阻止，只是觀望，眼中既有警覺，也有好奇。）

撒卡（語氣加強，充滿思索）：

「為何神會對亞當說：
『你既聽從妻子的話，吃了我所吩咐你不可吃的那樹上的果子……』
神不是說『你被騙了』，
而是說『你選擇了聽從』。
這不是無知的悲劇，
而是有意識的選擇。」

（罪的身影從蛇的形象中浮現，得意地笑著。）

罪：

「多麼高明的計謀！

我讓亞當以為這是他自己的決定，
我讓他成為『自己命運的選擇者』，
而非『被迫的受害者』。
這樣，他的罪就無法推卸，
因為這本來就是他內心的渴望。」

（撒卡轉向舞台中央的夏娃，目光充滿憐憫。）

撒卡：
「而夏娃，
她確實被蛇的詭計所欺，
她的罪不是沉默的共謀，
而是被騙的受害。
蛇利用她探索真理的渴望，
扭曲了她對神話語的理解。
她也有責任，但不同於亞當，
她是真誠地被引入歧途。」

（舞台上，夏娃從樹上摘下果子，眼中既有恐懼又有期待。她咬了一口，然後帶著困惑的表情轉向亞當。）

（撒卡合上罪錄，走到舞台中央。）

旁白（語重心長）：
「這段隱藏的真相，
與我們今晚所見的救贖故事有何關聯？

它揭示了罪的本質——
不只是外在的誘惑，
而是內心的選擇；
不只是一個錯誤，
而是一種根本的悖逆。

正因為罪如此深刻，
救贖才需要如此徹底；
正因為背叛如此主動，
恩典才需要如此主動；
正因為墮落如此徹底，
永恆預定的救贖才如此完全。」

（舞台上，伊甸園的場景漸漸融化，轉變為十字架的輪廓。）

撒卡：
「在這裡，我們看見人類歷史的兩個轉折點：
在伊甸園，第一個亞當選擇了背叛，
在各各他，第二個亞當選擇了順服；
在伊甸園，亞當默許了謊言，
在十字架上，耶穌宣告了真理；
在伊甸園，亞當聽從人（妻子）而非神，
在客西馬尼，耶穌聽從父神而非己意。」

（撒卡轉向觀眾，目光堅定而溫和。）

（銘刻牆上閃現羅馬書 5:19：「因一人的悖逆，眾人成為罪人；照樣，因一人的順從，眾人也成為義了。」）

撒卡（凝視觀眾，語氣深遠）：
「看哪！亞當的選擇使罪進入世界，
但基督的選擇使救贖臨到！
亞當聽從蛇的話，
基督卻順服父的旨意；
亞當的沉默帶來死亡，
基督的話語帶來生命；
亞當選擇了自義，
基督選擇了犧牲。」

（舞台上，亞當的影像與基督的影像短暫重疊，形成鮮明對比——一個在伊甸園伸手接受果子，一個在客西馬尼伸手接過苦杯。）

旁白：
「這就是救贖的對應，
這就是神的愛所成就的逆轉——
一人墮落，一人順服；
一人帶來死亡，一人帶來生命！
亞當選擇背叛，
基督選擇釘痕！」

（十字架的光芒開始強烈，壓倒伊甸園的殘影。黑暗完全消退，唯有十字架的榮耀閃耀不滅。靈魂的身影再次出現，站在十字架下，淚流滿面。）

靈魂（低聲，淚流滿面）：
「原來如此……原來如此……
祂不只是救贖了我，
祂是徹底翻轉人的命運！」

旁白：
「是的，靈魂。
這不是臨時的計畫，
這是從創世以前就預定的愛；
這不是神的補救，
而是神永恆智慧的安排！」

撒卡（莊重地）：
「那麼，靈魂，
你要如何回應這樣的愛？
你要如何回應這樣的選擇？
這不是關於你的過去，
這是關於你的現在，
也是關於你的永恆！」

（舞台光芒如瀑布般傾瀉，靈魂緩緩跪下，雙手顫抖地舉起，眼中閃爍著敬畏與決心。）

靈魂（聲音顫抖，但堅定）：

「主啊，我選擇祢！
我選擇祢的恩典，勝過我的罪；
我選擇祢的愛，勝過我的恐懼；
我選擇祢的道路，勝過我自己的選擇！

如同基督的順服勝過亞當的悖逆，
願祢的靈在我裡面成就新的生命，
使我不再重蹈亞當的覆轍，
而是活出基督的樣式！」

（銘刻牆上閃現申命記 30:19：「我今日呼天喚地向你作見證，我將生與死，祝福與咒詛擺在你面前，所以你要揀選生命，使你和你的後裔得以存活。」）

旁白：

「這是你的選擇，
這是你生命的轉折。
不只是悔改，
而是轉向；
不只是罪得赦免，
而是生命的更新！」

（舞台光芒越來越強，靈魂的身影漸漸融入光中，象徵著他完全歸入基督的生命。）

撒卡（最後的低語）：

「靈魂啊，你已經回家。
這不只是伊甸的回歸，
更是新的創造；
這不只是過去的救贖，
更是未來的榮耀。」

（舞台最終完全被光吞沒，當光漸漸柔和，舞台已然空無一人，唯有銘刻牆上最後的經文發光：「看哪，我將一切都更新了。」——啟示錄 21:5）

旁白（最後的思考）：

「當你離開這裡，回到日常生活，
或許能從這段隱藏的真相中獲得啟示：
撒旦如今仍用同樣的策略——
讓你覺得罪是你自己的選擇，
而非他的誘惑；
讓你以為這是『自由』的表達，
而非『悖逆』的枷鎖；
讓你相信你只是『順從自己』，
而非『背離真理』。」

旁白（暫停，然後以安靜的強度繼續）：

「但同時，救恩的本質也未曾改變——
不是我們尋找神，
而是神尋找我們；

不是我們配得恩典，
而是恩典尋找不配的我們；
不是我們選擇了神，
而是神在創世前就揀選了我們。」

（舞台燈光漸暗，只剩下撒卡手中罪錄發出的微光。他走向觀眾，罪錄中的最後一頁發出柔和的光芒。）

撒卡（聲音漸低）：
「這就是伊甸的真相，
也是恩典的奧祕——
在罪最深處，
愛已先在；
在我們選擇犯罪時，
救恩早已預備；
在亞當沉默的那一刻，
羔羊已決定發聲。」

撒卡（看著觀眾，他的目光堅定而溫柔）：
「正如你在這部戲劇詩中所見——
從創世前的預定，
到永恆的完成；
從罪的枷鎖，
到榮耀的敬拜。
一切都是因為那位愛我們的主。」

（撒卡向觀眾微微鞠躬，他的身影漸漸淡去，但罪錄的光仍然照亮舞台中央。）

旁白：

「願你帶著這隱藏的真相離開，
不只更明白罪的深重，
更明白恩典的浩瀚。
因為知道真相的人，
才能真正領會救贖的美妙；
面對過控訴的人，
才能真正體會赦免的甘甜；
經歷過恩典的人，
才能將這恩典傳遞給世界。」

（罪錄的光芒開始向觀眾席擴散，使每個觀眾都沐浴在溫柔的光輝中。）

撒卡（聲音已如微風，但清晰地傳入每個人心中）：

「你們就是這光中之光，
這愛中之愛的見證者。
願你將這救贖的故事，
這永恆的交換，
帶給每一個渴慕真理的心靈。」

（最後一絲光芒漸漸消散，舞台完全陷入黑暗。沉寂片刻後，一隻白鴿飛過，留下一道閃亮的軌跡，宣告劇終。）

（特別加場結束。全劇完整落幕。）

* 經文參考與解說：

1. 以這些經文的引用構成了戲劇詩的神學基礎，將舊約的預表與新約的成全聯繫起來，並且特別強調基督救贖的預定性與完全性，從創世前的計劃到十字架的成就。

2. 本戲劇詩特別推薦教會小組使用——適合小組聚會中輪讀、分段對白、默讀或禱告導引，引導小組成員一同進入對神更深的默想與共鳴。）

含笑詩叢33　PG3190

微聲
——芳心詩集

作　　者　芳　心
責任編輯　吳霽恆
圖文排版　陳彥妏
封面設計　嚴若綾

出版策劃　釀出版
製作發行　秀威資訊科技股份有限公司
114 台北市內湖區瑞光路76巷65號1樓
電話：+886-2-2796-3638　傳真：+886-2-2796-1377
服務信箱：service@showwe.com.tw
http://www.showwe.com.tw
郵政劃撥　19563868　戶名：秀威資訊科技股份有限公司
展售門市　國家書店【松江門市】
104 台北市中山區松江路209號1樓
電話：+886-2-2518-0207　傳真：+886-2-2518-0778
網路訂購　秀威網路書店：https://store.showwe.tw
國家網路書店：https://www.govbooks.com.tw
法律顧問　毛國樑　律師
經　　銷　聯合發行股份有限公司
231新北市新店區寶橋路235巷6弄6號4F
電話：+886-2-2917-8022　傳真：+886-2-2915-6275

出版日期　2025年8月　BOD一版
定　　價　480元

讀者回函卡

國家圖書館出版品預行編目

微聲：芳心詩集/芳心著. -- 一版. -- 臺北市：釀出版,
2025.08
面； 公分. -- (含笑詩叢；33)
BOD版
ISBN 978-626-412-107-1(平裝)

863.51 114008783